KB237341

천년 은행나무도 운다

천년 은행나무도 운다

천태산은행나무를사랑하는사람들

詩와에세이

2013

차례__

상처(傷處)

강경아

출출한 뱃속을 채워줄 주전부리를 찾다
골방에 처박힌 라면상자를 열었다
바깥세상이 그립기라도 했는지
팔뚝만한 놈이 흙을 털며 옷매무새를 다듬었다
고구마인지 무인지 묻기도 전에
엉덩이가 꽉 껴 컥컥대는 냄비가 안쓰러워
반 토막을 잘라내었다

툭

썩었다
상처가 덧난 게다
이가 빠진 밥그릇에
녀석의 아랫도리를 담가 놓았다
불온했던 잔상들이 뿌옇게 현상되어 나올 동안
줄기는 말없이 뻗어나갔다
꽉 찬 허공을 디디며 한 계단 한 계단
생(生)의 마지막 뜨거움을 길어올렸을 것이다
환한 손바닥으로 햇볕을 움켜쥐며
푸르게 하늘을 올려다봤을 것이다
곪은 상처에 다시 태어나는 줄기를 보며 나는,
저마다의 우듬지를 생각하다 말고
나의 상처도 발효 중인 까닭에
안쪽 주머니 속에서 돋아나는
새순 같은 맑은 뿌리를 적셔주었다

진동소리

강대선

문득, 내 몸이 들었던 것일까

　아파트 돌아가는 길목, 장막 친 그늘이 밀고 들어오는 땡볕을 악다문 입술로 방어하던 그 변경(邊境)의 주변, 감나무에 앉은 까치 울음소리가 홍시 그림자 물고 가는 개미허리에 살짝 얹히던 근처, 쫘르르 검은 콩이 쏟아진 겨울 시루 밑에서 씨눈 같은 별빛 바라보던 그 고요의 자리에서

　이제 막, 바람을 털고 있는 여린 꽃잎

어울림

강명숙

도심 속 공터
서너 평 남짓한 자투리땅에
내 땅이라고 표시하고 줄을 친다
봉지에서 씨를 털어 흩뿌린다

웃자라서 동이선 시금치 옆에
겹꽃잎 완두콩 주렁주렁 매달렸고
연자줏빛 꽃상추 무성하다

도시엔 오월의 단비 내린다
씨 뿌린 농부를 의식하지 않고
호박넝쿨이 줄 쳐놓은 남의 땅으로 넘어간다

누가 막으랴

식물은 인간이 그어놓은 표시를 넘어
갈등과 반목이 사라진
그들만의 세상에서 어울려 산다

아름다운 어울림이다

나무 같은 사람

강세화

사람이 사람에게 다가가는 것은
혼자 있는 시간이 서투르기 때문이다.
사람이 나무에게 정주고 싶을 때는
슬며시 곁을 내주는 사람이 그리워서이다.
가만히 나무를 껴안고
속말을 나누기도 하는 사람은
나무처럼 오래된 외로움을 가슴에 품고 있다.
말하지 않아도 마음이 통하는 사람들은
믿고 의지하고 기대고 싶은 나무를 닮았다.
사람도 나이가 들면
심심하고 답답하고 쓸쓸해도
여간해서 흔들리지 않는 고목이 되어야 한다.

나무 같은 사람

나무여행

강수니

나무는 언제나 여행 중이다
그가 가는 외줄기 길
무슨 인연처럼 늘 이어져 있고
무성한 여름을 건너 가을 길섶을 지날 땐
화려했던 치마를 벗어
시려오는 제 발등을 덮는다
물관 출렁이던 날들을 낱낱이 비워내고
저만큼 오는 겨울 눈보라가 어깨를 잡을 땐
단단히 매는 신발 끈,
마침내 마음까지 단단히 묶고
깊은 시간 속으로 들어간다
길은 아득하고 멀지만
다시 만날 연둣빛 봄날의 예감
나무가 걷는 그 길, 나 또한
선 채로 따라 걷는다

10월

강신용

햇살 깊은 마당 속에 들어가
붉은 열매로 익어가고 싶다
살아온 만큼
지은
죄
속죄하고 싶다

젖은 봉투

강영은

젖은 봉투는 쉽게 찢어진다
도끼날을 삼킨 숲의 비명소리가 들리는 듯
하지만 그것은 오래전 이야기,
숲의 미간에서 새어나오는 비명은 고요하다
내면의, 간절한, 그 무엇이, 소리를 젖게 했는지
축축한 외피에 손을 얹지 않아도
밑둥치가 잘린 나무의 사연을 읽어낼 것 같다
수취인이 누군지, 소인이 지워진 봉투의 등
서서히 찢어지는 슬픔의 등을 나도 한때
가졌던 적이 있다 몸을 가눌 수 없었으니
혹시, 누군가는 포복절도의 웃음을 날린다고
생각하지 않았을까?
한 줄 사연을 적기도 전에 사정없이 몰아치던 비바람
모호한 위무의 옥시풀에 적셔진 것처럼 상처가
거품 꽃을 피운 건 그때였다
젖은 봉투를 읽는다는 건 나무의 슬픔을 읽는다는 거
가만가만 속지를 꺼내면 습기 찬 내력이
나무가 되고 숲이 되고 딱따구리까지 불러올지 모르지만
나무를 꺼내기 전에 내가 먼저 찢어진다
젖은 봉투는 쉽게 마르지 않는다

생각 바꿈

강영환

나뭇잎이 가지를 떠나는 일로
자신을 물들이는 노동에 빠져있을 때
잎에 닿는 잠깐의 생각이 너를
나무에 오래 빠지게 할지 모를 일이다

삼복에 네 얼음 칼로
허공중에 태양을 갈라라
눈에 부신 은행나무 천년 잎이다

돌을 경배하기로 한다

강태규

물에 젖어온 둥근 무리를 본다
수만 년 흘러온 기억만큼
겹겹이 벗겨 내려온 수만 사연들
돌쌓기는 제문이었으리라
바람과 하늘에 대한 땅의 항소문이었으리라
누군들 보았겠는가
중력(重力)과 유속(流速)에 저항하며 잦아들고 조막해진 몸

늦가을 빗속에 젖어
금력(金力)과 유속(流俗)에 쫓기며 헐어가는 나는,
둥글게 여물거나 각진 결박조차 풀지 못해도
온 생이 울음인 바람의 힘을 빌어
너를 경배하기로 한다
돌 속에 새겨넣은 크로마뇽인의 주술처럼
수만 년 전과 같을지도 모를 방식으로

산사(山寺)에서

고경숙

사천왕상이 죄 많은 중생들
머리통을 짓누르며 팔다리를 비트는 동안
법당 앞 불두화 하얗게 머리 조아렸네
삼라만상의 진리가 경전 속에서
계곡물로 흘러내리네
잔망스런 바람이 산의 허리를 돌아
풍경(風磬)에 머물고 어느 것 하나
불가(佛家)에 들지 않은 것이 없네
발라먹은 생선가시처럼
편애 당했던 삶의 여백들
이곳에서 시간의 흔적은 풀어져 없어지고
업보(業報)는 스스로 소멸하네
부처의 눈동자는 정면을 보지 않거늘
어지러움에 외면하고 싶다면
이 모든 것 차라리 눈을 감게나!
자네 먼저 해독(解讀)되게나!
청맹과니어도 좋겠네
하산하는 명아주 지팡이 소리가
점점이 피안(彼岸)일세

뒷산

고경자

뒷산으로 가는 길에는 나무가 만든 바람이
이정표처럼 사람을 안내하고 있다.
산은 내 작은 손바닥으로 만들어졌고
산속의 길은 손금처럼 모여있다.
어릴 적 뒷산은 숨어있기 좋은 동굴이었다.
그 속에는 산딸기가 있고
우리의 방을 데워줄 나무가 있고
데미안을 막 읽은 열다섯 소녀가 있었다.
햇살이 그리움의 틈을 비집고 들어오면
나무들이 만든 그늘 속에서
바람이 살살 긁어놓은 발자국,
오래전 찾지 못한 보물들이
고개를 삐죽 내밀고 있었다.
놀이터이자 첫사랑을 묻어버린 뒷산에는
아직 덜 익은 푸른 산딸기가
저절로 익어가는 곳이었다.

은행나무

고경희

보고픔 지르밟고 올라
가지가지마다
기다림을 달았습니다
별 가득한 하늘과 맞닿는 곳에

그 어느 날부터
솟구쳐 오른 고독의 뿔 가지는
저만큼 멀리서도
눈길을 사로잡건만

노랗게 물들인 가슴은
설핏설핏 이는 바람에도
한 잎 한 잎
그리움을 떨구어내고

여미고 여미어도
늘 벌어진 앞섶으로
파고들던 외로움은
서늘히 삭아 겹겹이 쌓여만 갑니다

화답(花答)

고미숙

석공이
바위를 두드리자
부처님이
연꽃 한 송이를 들고 나오셨다

일생을 공들여 질문한 시간이
석공의 머리에
삐비꽃으로
활짝 피어있다

능소화에게 묻다

고안나

담장 밖으로 내보낸 입들
몸을 대신한 아슬아슬한 마음이라면
무슨 말로 심중(心中) 대변할 수 있을까
곡예사처럼 휘청
구중궁궐 뛰어넘는 외줄타기
밤새 불어 재낀 나팔
사방팔방 뛰어다니는 말(言)들
불안정한 목청 다듬어
어디로 보내고 싶은 걸까
알 수 없는 힘이 밀어붙인 침묵의 소리
닫힌 귀 열릴 때까지
도톰한 입술 쉴 새 없이 벌어지는 골목길
저 수많은 입들 빌려
하소연하고 싶은 마음 하나
아는 듯 모르는 듯
느닷없이 밟고 지나가는 빗줄기

신령한 나무

고인숙

잎 무성한 철엔 그 나무 별로 눈에 띄지 않는다
겨울날 다 늦은 저녁때 아니면 어스름 새벽에 지나다 보면
울퉁불퉁 뒤틀린 밑동부터 억센 각도로 구부러진 줄기
용틀임하듯 솟구쳐 오르는 기운은 끝가지에 이르러서도
곡선으로 무더기무더기 펼친 듯한데
한 움큼씩의 여린 손가락들 하늘 향해 고물거리는 실가지
그 수많은 시린 손가락들의 바람은 무엇일까
언 하늘 아래 뿌연 콧김 토해내며 기도하는 자세로 서서
손톱마다 힘을 모아 움켜쥐려 하는 것은 무엇일까

온몸 돌아 저 깊숙한 실뿌리 끝까지 요동치는 저 정령

사철나무 아래 저녁

공광규

오래된 사철나무 꽃잎이 마당에 우박으로 쏟아지는
뜰과 대숲이 깊은 성북동 수연산방이다
마루에 누워있는 주름이 가득한 늙은 다탁을
저녁 햇살이 따뜻하게 어루만지고 있다
솟을대문 앞 수국은 당신 얼굴로 환하고
화단에는 금낭화가 주렁주렁 팔찌를 걸어놓았다
송판 덮개를 씌워 놓은 옛 우물처럼
깊이를 알 수 없는 한지등 눈을 가진 당신과
허물어진 성곽 긴 그늘을 지나오면서
당신에게 나를 허문 게 언제였던가를 생각했다
오후를 넘어 저녁 어스름으로 어둑어둑 깊어가는
오래된 찻집 찻물처럼 깊어지는 당신
섬돌 위에 앉은 다정한 구두 두 켤레에
사철나무꽃이 점 점 점 꽃잎 자수를 놓고 있다

녹색의사

공지유

내 안에 조금밖에 남지 않은 숲이
생기를 잃고 멀어져 갈 때
나는 숲의 날개를 찾아 나선다
편백나무숲에 가면 만날 수 있는
숲 속 잘생긴 오솔길을 가면서
깊고 느린 들숨으로
스스로 일렁이는 나뭇가지와 풀들을
개울물 맑은 소리와 동박새 노래를
폐 깊숙이 빨아들였다
내 뿌리까지 어루만지는 산소를
녹색이 된 몸에 곁가지가 돋고
깊은 잠에서 깨어나
무수히 반짝이는 숲을 뱉어낼 때까지

눈색이꽃

곽구영

젊은 날
수없이 들고 싶었던
독배(毒杯)가 있었으니
매운 날 눈 속에 핀
눈색이꽃이여
눈의 문을 열고 피는
뜨거운 복수여
하늘이 땅에 세운
저 황금탑
무릎 꿇는 사람만이
경배할 수 있는
저 독한
술 한잔

* 눈색이꽃: 복수초

운홍사

곽도경

바람 이리도 부는데 어쩌누
벚꽃 다 지는데 어쩌누

이런 날에는 우리
꽃피는 것보다 꽃 지는 게 더 고운
운홍사에나 갈까요

절 앞마당 든든히 지키고 선
백년 왕벚나무 그 늙으신 몸이
안간힘으로 피워낸 환한 꽃송이들
꽃비로 지는데
아깝고 안타까운 봄날은 가는데

그 꽃그늘에 서서
굵은 나무의 몸 가만히 안고 눈 감으면
껍질에 촘촘히 점자로 박힌 나무의 일생
아무도 몰래 적은 그의 일기장
그것 좀 훔쳐보면 또 어때요

이렇게 바람은 불고
꽃비는 오고
봄날은 가는데
뒤돌아보지도 않고 가는데

옥수수 하모니카

곽문연

581번 지방도로변

동네 입구까지 옥수수 삶는 냄새가 바람에 묻어옵니다

골목길 어디쯤, 기억들 알알이 박혀

마을이 온통 옥수수 향기로 부풀었습니다

오랜만에 불알친구와 옥수수알처럼 붙어 앉아

차지고 맛있는 이야기로 하모니카를 붑니다

옥수수수염처럼 무성했던 젊음이 그리워집니다

머리숱 듬성한 희끗희끗한 나이들

가을걷이 끝난 들판 마른 옥수숫대처럼

하모니카소리에 귀를 기울입니다

들꽃

구광렬

주인 없어 좋아라
바람을 만나면 바람의 꽃이 되고
비를 만나면 비의 꽃이 되어라

이름 없어 좋아라
송이송이 피지 않고 무더기로 피어나
넓은 들녘에 지천으로 꽃히니
우리들 이름은 마냥 들꽃이로다

뉘 꽃을 나약하다 하였나
꺾어 보아라 하나를 꺾으면 둘
둘을 꺾으면 셋
셋을 꺾으면 들판이 일어나니
코끝을 간질이는 향기는 없어도
가슴을 파헤치는 광기는 있다

들이 좋아 들에서 사노니
내버려두어라
꽃이라 아니 불린들 어떠랴
주인 없어 좋아라
이름 없어 좋아라

묵비권

권순진

제 스스로의 격정으로 물든 저물녘
아마릴리스의 붉은 얼굴을 빌어
구름 속에 드러누운 여름날의 혈흔
구름의 터진 목책 사이로
슬금슬금 내비치는 하늘의 속살
입술과 입술 사이 조금 벌어졌으므로
저 붉은, 금기의, 눈부신, 환장할
낯익은 길 속에서 불러낸 오래된 풍경
하지만 주전자의 물은 끓어 넘친 지 오래
삐걱거리는 관절
엄지로 꾹 눌러 잠재우고
들키고 싶지 않은, 아니 들키고 싶은
미지근한 가슴만 열어
살갗에 자꾸 달라붙는 물 묻은 신문지처럼
건성으로 아주 잠깐 숏 타임으로 놀다

사랑을 심고

권중화

하늘을 밀고 있는 낮달을 품고 파아란 봉우리에 서서
능선바람에 서로의 몸을 부딪는 오롯한 두 송이 원추리는
흐르는 한 송이 구름에 엄마의 젊던 얼굴을 새기고
맑은 햇살에선 아롱진 여동생 내외의 따스한 커피 향기를 맡고
바람을 가르는 산새는 아들이 펼친 비상의 깃털입니다
간밤에 내린 이슬을 털어내는 패랭이 꽃무리에 담긴 딸이 겨워
가슴 깊이 간직한 그들의 의자를 펼치고 싶습니다
우리는 사랑을 했고 사랑을 하고 또 사랑할 것입니다
그래서 휴일이면 나는 푸른 별빛이 되어 산으로 갑니다

나무의 유적

김경성

얼마나 더 많은 바람을 품어야 닿을 수 있을까
몸 열어 가지 키우는 나무,
그 나뭇가지 부러진 곳에 빛의 파문이 일고 말았다
둥근 기억의 무늬가 새겨지고 말았다
기억을 지우는 일은 어렵고 어려운 일이어서
끌고 가야만 하는 것
옹이 진 자리,
남아있는 흔적으로 물결무늬를 키우고
온몸이 흔들리도록 가지 내밀어
제 몸에 물결무늬를 새겨넣는
나무의 심장을 뚫고
빛이 들어간다
가지가 뻗어나갔던
옹이가 있었던
자리의 무늬는, 지나간 시간이 축적되어있는
나무의 유적이다
지워지지 않는 기억이 아름다운 무늬를 만들고
무늬의 틈새로 가지가 터진다, 잎 터진다, 꽃 터진다
제 속에 유적을 품은 저 나무가 뜨겁다
나무가 빚어내는 그늘에 들어앉은 후 나는 비로소 고요해졌다

시월 여자

김경숙

논두렁을 맨발로 걷다가
발가락이 찔렸다
엊그제만 해도 말없이 길을 내주더니
질경이가 주먹질을 해대고 서 있다

피 맺힌 부끄러운 발바닥
돌아서려다 보았다 무심히
낡은 치마폭에 싸여있는
깊게 겁먹은 어린 눈동자를

보았다, 지아비도 산파역도 없이
땡볕을 고스란히 덮어쓰고
난산(難産)으로 길바닥에 뒹굴고 있는
시월 여자를

까치수염꽃

김관식

이렇게
날씨가 청명한 날
저승으로 가는구나

하얀
꽃댕기

꽃상여
지나간 자리
하얀 눈물만 뿌리고

저승으로
마지막 가는
소복 입은
장례행렬

남기고 가는 것
아무것도 없구나

뜬구름처럼
이승에 왔다가
맑고 깨끗한
하늘 아래
하얀 꽃이 되어 가는구나

낙엽들

김금란

보도블록 위에 조각이불처럼
펼쳐져 있는 낙엽들
푸르른 시절 해님과
힘겨루기도 했지만
황달을 앓고 있었는지
속절없이 다 내려놓았다

서릿바람에
바스락바스락 말라
이리 쓸리고 저리 쓸리고
찢기고 밟히면서 어디로 가는 건지
제 모습과 빛깔마저 잊어버린 채

그들의 천국

김기화

습지, 끈끈이주걱 같은 진흙 바닥에 살아요 나는
질퍽질퍽 날마다 흙탕물을 휘젓고 다니며
그 물 마시지만 진탕에 무덤을 만들진 않아요
뽀글뽀그르르 숨구멍이 침수된 반지하 단칸방에
슬쩍 희부연 편광 한 자락이 지나갈 때면
두 더듬이 쓸어 올려 우지끈 기지개 한번 켜지요
푸른 거름기가 표표히 떠다니는 수면 위에서
물새떼들이 쉬지 않고 갈퀴질을 하네요
아무리 깊은 곳까지 무장무장 헤엄쳐 나가도
늪 기슭 수문장으로 있는 억새 덤불 안에선
어느 누가 빠져 죽었다는 소문은 들리지 않아요
때때로 서로 헷갈리는 미물의 아우성을 듣다가
제대로 반죽된 콩팥 속으로 들어가 몸을 섞지요
수면 밖으로 흩어진 부모들은 공중분해되었는지
그 긴 세월 동안 방세 한번 보내오지 않았어요
덩치 큰 송사리가 바닥을 한바탕 휘젓고 나면
뭉글뭉글 우주 전체에 파장이 이는 게 보이나요
연막탄 같은 저들의 시퍼런 혈관이 꿈틀거릴 때
철썩처얼썩 바람을 몰고 온 철새 한 마리
그들의 중심을 찍고 박차 오르는 소리가 들려요

고무나무

김나원

침묵이 가지를 뻗어간다

나무의 생각은 제각각
한 가지는 위로만
올라갈수록 붙들 그 무엇도 없다
뻗어갈 곳이 없으면 굽어질까

몸에서 떠난 생각
숲에서 사막으로 오갈 수 있지만
마음은 우유부단해서 시간의 이파리는 크거나 작다

지금은 가지의 결단이 필요한 때

늘어지는 시간을 자른다
자른다는 건 잊는 것이다
멈춰버린 시간의 끝이 말려든다
당겨보면 하루의 길이가 또 늘어난다

시간의 가지를 휘거나 모아서 모양을 잡는다
빽빽한 시간의 이파리들
한 계절에 몇 잎은 빈 공간을 두기로 한다

놓으면 제자리로 돌아가는 길의 답습
숲으로 사라지는 한 그루의 시간

남장사

김다솜

어둠 속에서
해맞이 범종이 운다

길을 강을 산을 건너온
들숨 날숨들의 오색등불 흔들린다

등걸잠 자던 산사 깨어나 법문을 듣는다
영산전 문살에 달무리가 연꽃 피듯 밝다

수많은 소리들 귓가에
매미울음처럼 들린다

그대는 무엇을 보았는가
그대는 무엇을 들었는가

스님의 청청한 법문소리 듣는 순간
종이배 접듯 접어 흐르는 물소리에 띄워 보낸다

억새

김 려

항복의 깃발이 아닙니다
온몸으로 바람을 밀고 있어요

결코 뽑히지 않겠다는
저 억센 고집

바람이 지친 밤이면
보세요

어둠을 환하게 밝혀주는
낯익은 얼굴을

딸꾹질 20
─豫知하다

김 명

'묻지마' 살인이 인터넷 숲에 숨었다

가죽 회전의자가 빙글빙글 말을 돌린다

4대강을 나눠 먹은 입들은 서로 외면한다

광화문에서

서울광장에서

푸른 풀이 자라는 곳에서 촛불이 피어오른다

신령한 나무는 세상이 어수선하면 우우 신호를 보낸다는데 가지를 활짝
펼쳐 무성한 향기를 바람에 뿌린다는데

천태산 깊은 숲에는 서서 우는 나무가 있다

천년 은행나무가 있다

풀잎 속의 방

김명리

벌레들은 풀잎에 방구들을 들이는지
그 방구들 연초록 좁다란 아랫목에서
가쁜 숨 몰아쉬며 사랑들 나누는지
비밀스레, 비밀스레 접혀진 풀잎사귀마다
저렇듯 발긋발긋 슬어놓은 알들이라니!
풀잎의 방구들 녹아날 듯
햇빛에 몽싯거리는
저 여린 목숨들,
저 바알간 몽싯거림 안으로 어느 날 문득
애벌레의 길이 잦아들리
멀고 먼 배추밭,
깜깜한 속대까지 길이 열리리

나무들의 양식

김명수

나무가 먹고 있는 밥을 보았다
몹시 조악한 악식(惡食)이었다
스산한 늦은 저녁이었다
메마른 바람이 불고 있었다
길 잃은 철새가
성긴 가지에 앉아있었다
나무의 밥과 인간의 밥은
본래 하나
나무와 인간은
같은 밥을 먹었지만
내 밥은 그에 비해 푸짐했었다

나무의 밥상에는 나무들뿐이었고
인간의 밥상에는 인간들뿐이었다

어느 나무의 비가

김명은

나무의 은행잎들이 리본 같다
기다린다 기다린 만큼 더 기다리기로 한다

이편에서 바라보는 저쪽이 이쪽을 바라보고

리본이 손을 흔든다
노란 블라우스의 안부를 묻고 있다

나무는 바람과 햇살을 꿴 솔잎도 걸어놓았다

돌아가지 못하고 기다린다 움직임 없이
개울물을 내려다본다 맑은 눈빛을 기다린다

느낌이 중요해 너의 느낌을 말해봐

바람이 늙은 아이처럼 가지에 거꾸로 매달려
긴 머리카락의 기억을 풀어헤친다 혹시 지나쳤을까
어느 몸으로 환생한 걸음을 내디뎠을까
접근금지구역을 둘러친 테이프가 날아오른다

캄캄한 곳으로 손을 뻗치는 뿌리
나무는 천 년째 새 리본을 단다

변명(辨明)

김명철

뿌리는 나무의 키와 품만큼의
깊이와 넓이를 갖는다는데

천태산 은행나무를 캐내어 옮겨 심을 수 있겠니
산이 나무를 키우는 것이 아니라
나무가 산을 키우고 있는데
산맥이 된 나무를 다른 산에 옮겨 심을 수 있겠니

나무에 깃든
날개와 가을의 저녁과
부리와 침묵과
발톱과 억압과 자유까지도 품고 있는 나의 뿌리

천 년이 지난 너에 대한 내 사랑의 뿌리를 캐내어
다른 곳에 옮겨 심을 수 있겠니

목단꽃이 피었습니다

김민호

목단이 가득 핀 채전밭
꽃 한창일 때
가족사진 꼭 한번 찍자시던 아버지
나와 같이 뿌리를 내려
삼십 년 마당을 지킨 목단이
활짝 문을 연
마지막 오월의 푸른 첫날
아버지, 어머니, 아내, 아들이
렌즈 안에서 반짝반짝 피어났다

셔터 너머로 인화되던 자줏빛 향기들
핏빛 가슴을 적시고 있건만
소원을 풀었다는 듯
무심한 연록의 바람을 따라
꽃송이 하나 붉게 지상을 떠나고서야
사진 속으로 들어갈 수 있었다
사라진 풍경 안으로
지워지지 않을 문양이 새겨져 있었고
무서리 내리는 머릿속
옹이 튼 말을 봄날마다 되뇌었다

'목단꽃이 피었습니다 아버지'

아름다움을 위한 병고(病苦)

김백겸

제비꽃 같은 하늘의 푸른 옷소매를 보느라고
숲으로 달아나는 마파람의 흰 발목과 어둠의 어깨에 기댄 황혼의 목덜미
를 보느라고
눈에 병이 들었네

한밤중에 회나무 이파리로 핀 달빛의 침묵을 듣느라고
창백한 지붕들이 검은 그림자를 물방울처럼 떨어뜨리고 밤하늘 별들이
개망초꽃처럼 피어나는 소리를 듣느라고
귀가 병이 들었네

우울과 탄식이 드센 억새풀처럼 피어있고 시간의 강물은 그 수량을 줄여
바닥의 험한 돌들이 들여다보이고
나비와 곤충들이 비밀 꿀을 찾아 나서던 허공의 길들이 모두 사라져버린
몽상의 숲에서 나는 슬펐다네

길을 떠나는 이에게

김병기

사람의 숲을 떠나 길을 나서는 이여,
여기서 누렸던 그 많은 걸 내려놓아라
그 짐 지고 다른 길로 들어서면
길 위에서 절망하며 울리라

사람 사이의 숲을 지나 길 떠나는 이여,
내가 가는 새로운 길은 나에게로 오는 길이니
무엇이 나를 잡아매도 물처럼 흘러라
물은 더러움도 깨끗함도 모두 데리고 길을 떠나노니

행여나 노여운 마음이 일어 또 다른 길을 찾는 이여,
부처의 손가락에 잠시 쉬었다 가는 바람처럼
아무런 흔적도 없이 새의 날개를 가볍게 띄우다가
누구에게나 손을 내밀어 도반이 되는 나무가 되어라

천태산 은행나무

김삼경

무량수 여래불 여기서 보겠네
하루 치의 명줄
칠일의 명줄
한해살이 명줄
사십구 세 아버지의 명줄
오십삼 세 작은언니의 명줄
백 살 명줄에 끌려온 이촌 동국댁
길고 짧은 명줄은 어떤 생김새일까
숫자에 매달려
일찍 갔다 오래 살았다
백수 누렸다
천수 누렸다
살아 천년 죽어 천 년의 명줄
용포 같은 황금 일색
딸랑딸랑 방울소리
흉흉한 바람까지 삼켜버리는
무병장수 은행나무
무량수 여래불 처음 보겠네

관계
―읽히다

김서은

나는 그의 손안에 있다.

오늘도 나는 한 겹씩 벗겨지고 있다. 둥글게 휘어지는 어둠을 헤치면서 그렇게 나를 밀고 간다. 그는 잠시 잠깐 나의 후견인을 자청한다. 자꾸만 흘러내리는 내 얼굴을 감싸 쥐고 그가 벽 쪽으로 사라진다. 한 올 한 올 껍질들이 풀리는 소리, 발밑으로 수북하게 쌓이는 낙엽들, 어디선가 휘파람소리가 들렸을까 쿵쿵거리며,

개들이 몰려들었다.

우리는 집중적 소모의 방식으로 총을 쏘아댄다. 그렇지만 우리는 야성의 사냥꾼은 아니다. 그가 쏜 총알이 내 심장을 관통했다. 난, 나는 죽지 않았다. 하여, 피 흘리지도 않았다. 아침이 오고 다시 사막이 되었다. 왼손에 잭나이프를 든 남자가 손바닥 위에서 잘 익은 고기를 규칙적으로 썰고 있었다.

돌,

김선미

    돌을 방생하려 한다 여행지에서 들고 온 돌들 어디쯤이 좋을까 어디에 놓아야 꼬리를 흔들며 흘러갈까 사막에서 모래가 되다만 돌, 화장터에서 주워 온 불에 그을린 돌, 미궁에서 몰래 건져온 깨진 돌조각까지 내 방은 돌투성이였다 이따금 돌들로 탑을 쌓았다 아슬아슬한 돌탑이 아슬아슬한 가족처럼 아름다웠다 핏빛이 켜켜이 쌓인 돌을 손에 쥐고 문지르기도 했다 내 몸속의 피가 원활해질 즈음 그것들의 모서리가 궁금해질 즈음, 모서리 끝을 제 몸 안으로 들이밀고 살다 간 아버지를 보았다 언제가 좋을까 돌을 풀어주기엔 그림자가 가장 짧은 선명한 시간이 좋을까 구분이 사라지는 해질녘이 좋을까 유유히 스며들어 꽃이라도 피울 것 같은 돌들, 놓아준다 연못 속에 숲 속에 어느 가족의 웃음 속에 거북이처럼 물고기처럼

거꾸로 나무

김선태

홍도 어느 해식동굴엔
거꾸로 자라는 나무가 있다.

무슨 운명의 장난이기에
하필 저런 천형을 타고 났나 싶은데
누구도 원망하지 않는다는 듯
푸른 잎사귀를 무성히 달고 있다.

전생에 무슨 죄를 지었기에
저런 물구나무 고문을 당하나 싶어도
아무렇지도 않다는 듯
꼿꼿이 매달려 견디고 있다.

햇빛 한 점 없는 어두운 동굴 속
날마다 바닥을 향해 자라는 나무
흙 한 줌 없는 천정을 붙들고
악착같이 생을 포기하지 않는 나무.

그 나무를 간신히 쳐다보노라면
똑바로 서서 살면서도 자꾸만
박복한 운명을 탓했던 스스로가
부끄럽고 미안해진다.

지금도 세상 어딘가엔
거꾸로 매달린 사람들이 있다.

도장을 찍으며

김성배

학창시절 도장 하나 있었으면 좋겠다고 기대를 하고 판 지우개도장이 우연히 장롱 서랍 졸업앨범과 함께 살아서 등장했다. 그러자 나무로 새긴 은행도장이 어깨를 세우며 잔액에 도장을 찍는다. 처음으로 아버지처럼 뿔도장을 판 것은 검은 머리 맞대고 살자며 눌러 찍은 혼인신고 때, 그리고 달세 보증금 계약서 쓸 때였다. 이력서에는 더 좋아 보이는 한문도장을, 처음 간 중국 여행길에 기념으로 새긴 상아도장. 창업한다고 만든 것과 책 냈다고 전각 선물 받은 낙관. 모두가 하나같이 함께 살아온 분신의 노력이다.

오늘, 도장을 찍으며 지나온 시간과 싸운 도장밥이 그렇게 빨갛게 보이는 내 속은 얼마나 미덥지 못한가? 사람과 사람이 정을 찍고 만나는 도장 하나. 붉게 물드는 종이 위의 얼굴이 그립다. 가난한 허리춤에서 꺼낸 오늘을 찍는다.

귀뚜라미

김성춘

우주의 오솔길에

저 조그맣고 이쁜 우주선,

네 몸에

별 부스러기 찌륵찌륵 묻어있다.

진달래

김소해

살아온 갈피들을 넘겨보니 아득하다
영문을 모르거니 까닭인들 알겠는가
골짜기
말은 없어도
얽힌 뿌리 꽃이 핀다

해 뜨면 들에 가고 해 지면 잠을 자는
주는 대로 살다가는 언덕배기 그곳에도
봄이 와
말문 열리며
진하게도 꽃핀다

걸어온 산하마다 사람살이 곡진하여
주름살 깊이만큼 발자국 깊어져도
고운 꽃
돌아보지 못한 채
혼자서도 붉은 꽃

어찌합니까 도깨비불

김송포

땅에 저리 꽃이 많은데
눈 속에 들어오는 양귀비 없으니 어찌합니까

사람은 저리 많은데
화관도 술도 없으니 어찌합니까

호수의 물에선 튀어봤자 물보라인데
머물 섬 하나 마련하지 못하니 어찌합니까

고목에서는 황금알도 쏟아내는데
몸에 도깨비불 번쩍이니 어찌합니까

은행나무 천태산에서 천 년을 지키고 있는데
종기 하나 살갖에서 떼지 못하니 어찌합니까

젖꼭지

김수환

주택가 나대지에 낡은 움막을 짓고
늙은 몸으로 잎 피우는 뽕나무 한 그루
뿌옇게 먼지를 쓰고도 눈빛만은 푸르다

고양이 한 마리 굽은 나무 등을 긁다가
이내 두 발 모아서 낮잠에 빠져들고
짙푸른 잡초들만이 제 영역을 넓혀간다

콘크리트로 빼곡한 뽕나무의 흐린 고향
한때 저 나무는 하늘을 다 가리고
저녁의 푸른 달빛과 새벽이슬로 젖을 불렸다

누에들은 숲에 내리는 소나기소리로
나무의 젖을 먹고 둥근 생을 채워서
새하얀 고치 속으로 긴긴 잠에 들었다

이제는 누에처럼 잠이 깊어지는 나무
나날이 흐려져 가는 기억의 발치에
짓무른 젖꼭지들이 뚝뚝 떨어져 있다

추락하는 법을 배운다

김 숙

바삐 걷는데 가로수의 파란 은행
갑자기 내 옆으로 툭 떨어진다
미처 생각지도 못한 일이다
당황해진 나의 얼굴이 파래진다
까마득한 꼭대기에서 떨어졌다는 것이
믿기지 않아 고개 들어 바라본다
누구도, 왜 떨어져야 하는 이유와
떨어지는 법을 가르쳐주지 않는다
위에서 봤을 때는 몰랐는데 하늘과 땅의 거리
온몸으로 막을 수 없을 만큼 폭이 넓다
바닥에 누워 그동안 내가
무슨 잘못을 했는지 생각해본다
엊그제 아무도 없어 무단횡단했던 것과
둥글지 못한 말로 다른 사람에게 준 상처들이
바닥에 추락해 깨진 틈에서 하얀 눈물로 흐른다
다음엔 아무 예고 없이 떨어진다면
하늘을 안고 떨어져야겠다
두 팔로 가슴을 안고 내려와야 할까
아직도 그 이유 모르는 발밑의 파란 은행
발길에 밟히며 떨어진 이유를 캐묻는다

봄밤

김승기

외딴집 영산홍
혼자 붉어가는 밤

홀로 깨어 뒤척이던 사내
옆으로 손을 뻗겠다

신음소리 몇 점
꽃잎으로 떨어지고

밤새 달뜬 여인
아침밥을 짓겠다

문을 나서는 사내의
뜻 모를 씩씩함

그렇게 그렇게
겨우 봄인데

뒷산 꿩은 어쩌자고
죽살이치게 우는가

염소의 반란

김연종

염소가 뿔을 세운다
두 눈 치켜뜨고
앞다리 쳐들고
두 뿔로 벽을 받는다
어미를 들이받는다
굉음을 지르며
사정없이 물어뜯기도 한다
놀란 풀들이 기절한다
어미 염소도 따라서 기절한다
풀밭 위로 말없는 평화가 지나가고
염소가 다시 풀을 뜯는다
더없이 순한 염소가 되어 꼬리를 흔들어댄다
갈기를 세우고 초지를 뛰어가기도 한다
바람의 갈기가 다투어 지나간 다음
풀들이 일제히 일어나 노래한다
풀들이 춤추고
염소도 춤춘다

숲 속에서 숲을 향하여

김영림

작은 나무 큰 나무, 어린 나무 늙은 나무,
적당히 떨어져서 함께 하늘을 우러르는 숲
지나는 거센 바람에 서걱이는 소리가 때로
나지막한 울음이 되어도
웃음 지을 일도 많으려니 기대하며
조심스레 부르는 노래
기도가 되고 합창이 되는,
겨울이나 봄이나
여름이나 가을이나
함께 계절을 맞이하는
숲
둥근 어울림이
바람결에 스치며 기대며
고운 소리를 내는
우리들의
숲
늘
바라보고 싶은

옐로우 위크

김영미

석양 무렵

천태산 은행나무 숲길

감빛 노을을 배경으로

지구가 노랗게 마리화나를 피우고 있다

줄담배, 이걸 어떡하나 갈수록

목격자들이 불어나고

아니 아니, 그래―, 불타오르는 거기

디지털카메라들이 바쁘게 움직이기 시작하고

폭풍흡입

스마트폰 액정 창에

신발 밑창에

마리화나 진액이 듬뿍 묻어난다

천년 은행나무의 말씀

김영선

무겁고 화급할 때 그 부처님 찾아가면
그저 놓으라고만 하시더니
천태산 영국사 부처님도 하냥 같은 말씀이시라
본전도 못 한 어설픈 장사꾼처럼 터덕터덕 내려오다 마주한
천년 은행나무,
멀거니 한참을 올려다보고 섰는 나에게
눈주름살 같은 가지 가만가만 흔들어 하시는 말씀,

견뎌라,
사랑도 견디고 이별도 견디고 외로움도 견디고
오금에 바람 드는 쓸쓸한 계절,
밑 드러난 쌀통처럼 무거운 간난도 견뎌라
죽어도 용서할 수 없을 것 같은 어금니 시린 배신과
구멍 뚫린 양말처럼 허전한 불신도 견디고
구린내를 피우고도 우뭉 떨었던 생각할수록 화끈거리는 양심도 견뎌라
어깨너머로 글 깨우친 종놈의 뜨거운 가슴 같은 분노도 견디고, 그리고
싸리나무 같은 가슴에 서럽게 묻혔던 가을 배꽃처럼 피어나는 꿈도 견뎌
라
들판의 농부가 작은 등판으로 온 뙤약볕을 견디듯
가느다란 외등이 눈보라 치는 겨울밤을 견디듯

너의 평생이 나의 천년 아니겠느냐

꽃

김영수

지나온 날들이 똑같다고 느낄 때
아스라한 옛날이 제집처럼 돌아와
지금이 잠시 비껴서 있을 때
꽃은 머물지 않아서 꽃이다

사무치는 거리를 좁혀 다가가면
꽃은 없고 물어물어 찾아오는
목마른 날들만 수북할 때
꽃은 멀어서 꽃이다

혼자서 돋우는 심지에 꽃은 다가오고
말 붙여 화답을 기다리는 동안
오래전 날리던 꽃잎들이 아직 보일 때
꽃은 말하지 않아서 꽃이다

배곯은 아이 눈에도 세월은 쉼 없이 흘러가서
어딘지 모를 저녁을 열고
청하지 않아도 화르르 목젖에 고일 때
꽃은 굳이 부르지 않아도 꽃이다

아니스(anise)와 별

김영찬

너를 만나기 1세기 전부터 내리던 비가
너를 만나기 1초 직전에 쿵!
멈춘다

속눈썹 난간에 일렁이는 파도

1세기 동안 축적된 빗방울 모여든 네 눈동자는
근원이 맑다

물미역 냄새 풀썩풀썩 우리는 소행성 너머로
출정준비 나팔을 불고
산탄처럼 쏘아올린 어깨 위의 낱말들

북반구의 별들 일제히 입덧을 시작한다

잠자리와 행인

김 완

얼마나 가벼워야 저 가녀린 풀잎 위에 무념무상의 자세로 엎드려있나
에둘러 하산하는 길모퉁이, 비우고 되돌아가는 이의 뒷모습 참 곱다

여기, 지금

김요아킴

평화를 사칭한 비둘기떼에 쫓겨
반가운 척 짖어대는 까치소리에 놀라
어린 참새 한 마리
학교 식당 안으로 날아들었다
조그만 창틈을 비집고
한 뼘의 자유를 쪼으려
매몰차게 먹어대는 아이들 머리 위를
어지러이 날아다니다
온몸을 투사하는 형광 불빛에
몇 번이고 제 그림자를 던지고는
우우우 손가락질 함성에
공중으로 날갯짓 매번 시도해보지만
어미 기다리는 푸른 하늘은
결코 보이지 않고
먼지 낀 선풍기
회전날개에 아슬히 걸터앉아
불안한 눈망울만 떨어뜨리고 있다

말씀

김용길

저 깎아지른 뼈 아래
고단한 어깨 기대는
너른 품

천태산 영국사,

이곳에선
팽팽하던 입심도
숨죽이고 엎드리네

누가
천년 화석 앞에서
생가락을 뽑을 것이며

누가
가슴을 칠 것인가

시대의 밤이 깊었으니
묵언의 등불을 다시금
켜, 드시네

말씀

남루한 시인

김용락

박재삼 시인의 고향

삼천포에서 주는 박재삼문학상

1차 예심에 올라온 서른댓 권의 시집 목록을 보니

대부분이 유명 출판사 간(刊)

2차 예심에 올라온 열한 권의 시집을 봐도

역시 유명 출판사 ㄱ, ㄴ, ㄷ뿐

개중에는 시집을 내기 위해 2~3년은

족히 기다려야 한다는 출판사도 있다고 한다

한국의 비교적 괜찮다는 시인들은

왜 상업적 판로망을 가진 큰 출판사에서만 시집을 내나?

가끔씩은 아침 풀섶의 이슬 속에

바알간 산딸기같이 수줍게 묻혀있는

마이너 출판사에서

가난한 군소출판사에서 시집을 내는

관용과 여유는 보이지 않나?

냉혹한 자본주의를 가장 미워한다는 시인정신이

자기 시집을 낼 때는

상품과 물신의 자본주의 아가리 속에

고귀한 영혼을 그렇게 일관되게 쑤셔박는지

어느 선배의 시구(詩句)처럼

숨어도 그 남루한 옷자락이 보인다

시인이여?

은행나무 사랑

김우선

만약 누군가를 기다린다면
천태산 영국사 은행나무처럼
천 년쯤 기다릴 수 있나요
한번 오마는 약속 철석같이 믿고
끝내 오리라는 믿음 버리지 않고
천 년을 하루처럼 기다릴 수 있나요
하루가 천년 같고 천 년이 하루 같은
그런 기다림

만약 누군가를 사랑한다면
천태산 영국사 은행나무처럼
천 년쯤 사랑할 수 있나요
한나절 내리는 소나기쯤 넉넉히 가려주는
그런 여유로움과 넓은 품속에서
하루가 천년 같고 천 년이 하루 같은
그런 사랑

만약 누군가를 그리워한다면
천태산처럼
영국사처럼
은행나무처럼
오지 않아도 기다리고
오지 않아도 사랑하며
천 년쯤 그리워할 수 있나요
하루가 천년 같고 천 년이 하루 같은
그런 그리움

실종신고

김윤숭

1970년에 나라에서 지어준 너의 이름은
영동 영국사 은행나무
지금 너는 어디 있느뇨
천태산 은행나무 중에 네가 숨겨져 있겠지
숨긴들 드러낸들
너야 천 년을 말없이 묵언수행 중이니
사람들이 뭐라 한들 상관하지 않을 테고
너야 천태산 은행나무를 대표하니
자부심을 가질 만도 하지만, 너무 낮게 보았나
어찌 천태산이나 대표하리오
대표는 무슨, 속인들이나 희희낙락하는 것이고
몸은 두고 천 년의 영혼은
천태산—중국 절강성의 본향 천태산도 좋고
한반도, 중원땅, 천지간 더 멀리 노닐 텐데
공자 같은 사람이야
정명—바른 이름을 좋아하시나
너야 천 년을 잠잠히 생명의 낙을 즐기는
나무 신선이니 나라에서 짓든 뉘가 짓든
이름을 짓는 순간 그 이름이 아니었나니
막상 신고하려니, 너의 이름이 무엇이뇨

엄마의 기차

김윤환

종착역을 찾지 못한 채 늘 달리기만 했다 증기에서 디젤로 다시 전기엔진
으로 바꾸어가며 달렸지만 번번이 정차역을 놓치곤 했다 문득 끊어진 시간
의 간이역 아무도 손 흔들지 않는 역사에 승객을 내리고 화물을 내리고 엄
마는 여전히 알 수 없는 눈길을 남기고 상처 난 침목 무너진 철교 위를 지나
머나먼 종착역을 향해 기적도 없이 떠나시곤 했다 엄마의 기차는 왜 한 번
도 정차하지 않았을까 간이역의 국수 한 그릇도 드시지 않으시고 기적을 울
리는 끈 한번 당기지 않으셨을까 엄마는 왜 당신의 종착역에서만 우리를 기
다리시는 걸까

마음에 터널이 생길 무렵
엄마! 부르니
그 기차 돌이켜
철커덕 철커덕
내게로 오시네

능소화

김은령

저것 봐라
화냥화냥 색을 흘리며
슬쩍 담 타넘는 품새라니
눌러 죽인 전생의 내 본색이
살아서 예까지 또 왔다
능소(凌霄)
능소(凌霄)
아무리 우겨보아도
결국
담장 아래로 헛헛이 지고 말
사랑이면서
다시, 염천을 겁탈하는
저 습생

눈멀어 낭자히 통곡케 하는
누대의 형벌

갈대와 바람

김은희

바람 없는 갈대숲은
정지된 화면마냥 지루하지

바람에 부스스 소리 내어 흔들릴 때
비로소 존재를 발(發)하는 갈대

산다는 건 어쩌면
흔들리는 것
거센 바람에 누울지언정
꺾이지 않는 유연함을
울며 웃으며 배워가는 것

너울너울 바람 타고 춤추는 갈대
오늘은 네 갈빛 부신 손을 잡고
온몸 서걱이며 흔들리고 싶어라

빈 들녘에 어스름 내리면
가벼워진 손짓으로
사락사락 시린 하늘 쓸어보리라

숲 속의 진언

김인구

정적 사이로
바람의 무늬 따라
새 한 마리 날아오른다

날아오르는 한 마리의 새
가슴 한복판에 또렷이 남아있는
상처 자국 하나

바람에 못다 가리고
햇살 아래 빛난다

몸을 비운 나무 한 그루 가벼이
새에게 길을 내어주고

바람과 새 한 마리
남아있는 숲길 따라

가만히, 가을이 지나간다

겨울을 건너다

김인숙

지금은 바람에게 송곳니가 돋는 계절,
허공의 목덜미에 이빨 자국이 선명하다

웅크린 하늘이 갈기를 털자
깃털처럼 조각조각 오후가 흩어졌다

분주해진 노선이
서둘러 퇴근을 싣고 질척한 하루를 쓸어간다
바람에 뜯긴 나무들도 짐승이 되어
목을 움츠리는 위험한 계절

앞니를 드러낸 바람 앞에 독거노인들은 동면 중이다
불기 마른 방안에서 바스러지는 각질을 수습하며
언제 올지도 모를 내일을 기다린다

위험표시를 붙인 진눈깨비
제 영역표시를 하고 지나간다

진공포장 된 계절이
제 순서를 기다리며 어디선가 발돋움할 것이다

씨앗처럼 당신을 땅에 묻고

김인육

땅속에 제 몸을 묻는 씨앗처럼
땅을 파서 제 알을 묻는 바다거북처럼
나도 죽은 아비를 땅에 묻고
환생을 기도하네
돌아라 생명아
깨어나라 목숨아

씨앗처럼 딱딱해진 당신을
거북의 알처럼 조심스레 땅에 묻네
알이여, 깨어나라!
눈떠라, 생명아!

뿔난 밤송이

김임백

다람쥐에게 알몸 빼앗기고
가시 곧추세운 밤송이
낙엽 더미 속에 숨어서
눈물 흘리고 있다
품에 보듬어
살과 피 나누어주었건만
품안 자식 그리워
먼 산 바라보고 있는 노모
헐거운 어둠 숨기고 있다
달덩이이었던 얼굴
자식들에게 다 내어주고
남아있는 건 텅 빈 껍데기뿐
찬바람이 휘젓고 다닐 때
뼛속까지 패인 상처
가시 돋구고 있다

천 년의 그늘

김재기

천태산 영국사 앞
찬바람에 노란 장삼자락 너붓거리며
부처처럼 서 있는 고목 한 그루

어린애, 젊은이, 늙은이 다 모아놓고
천년 고행에 얻은 깨달음을 설파하고 있다
바람의 손길에 물결치는 황금빛 너울은
그가 살아온 이력

산사의 문 두드렸던 수많은 비구승
미혹의 세계 넘지 못하고
높푸른 하늘에 한 줌의 연기로 흩어졌다

벗어날 수 없는 인간의 굴레를
저 노승은 알고 있을까
구만리 뻗어가는 천년 그늘
알 수 없는 그 깊이를
두 팔을 벌려 어림한다

꽃길

김 정

3월
폭설
꼼짝없이 갇혔다
모두 결항이다
가던 길을 버리고
적멸의 빛을 향하는 얼굴들
그 속에 오지 않는 당신이

길이 사라지자
하얗게 숨겨진 기찻길
칼로 도려낸 듯 선명하다
툭, 떨어지는 눈꽃 아래
돋은 순

겨울처럼 내리는 눈이
당신을 데리고 왔다

천태산 은행나무

김정복

협곡에서 속눈을 뜨고
연둣빛 반짝이는 눈부심으로
잎을 피워냈다가 열매를 매달다가
무거운 침묵으로 어둠의 뼈를 만지다가
구린내 피워내며 천 년을 입을 닫은 과목

달빛 내리는 밤하늘이면
내안의 어둠이 독한 사리로 뭉친 것을
하늘로 툭 툭 뱉어내면서 반짝반짝 켜진다
밤하늘 우연히 바라보았던 무수한 이야기들

천태산 은행나무는 만경법을 건너온 알
천태산 은행나무는 저승보다 깊은 냄새
누군가의 가슴에 별로 반짝거리는가
누군가의 암흑으로 사라지는 것보다는
수많은 이야기들이 별로 반짝거려
가을날 한 소절 시처럼 음영되는
도라지 속살 닮은 쓰디쓴 이야기

집에 들다 3

김정숙

눈을 감아야
비로소 보이는 그 집으로 들어갔네
등 뒤엔 하얀빛뿐,
아무런 울음도 듣지 못했네
황토 흙이 감은 눈 속으로 흘러들자
둥근 세계 속
검은 바다
출렁거리고 있었네

잡초는 없다

김정원

배추와 무를
주군으로 모시는
채소밭에서

천덕꾸러기, 잡초를
함부로 뽑을 수가 없다

풀이름을 알고
들꽃을 사랑하게 된 뒤로

더 이상
잡초는 없다, 나에겐

그 누구라도
왕이다

봄에 핀 꽃들이

김정윤

하염없이
지는 길을 걸어간다.
약속처럼 지는 꽃들은 말이 없다.
캄캄한 꽃들 사이 수화로 눈을 뜬 잎이 펼쳐지고
지상에 잠시 떴다 지는 수많은 별들 사이로
수천 마리의 나비떼 하늘 궁창 속으로 소리 없이 흘러간다.

허공아! 허공아!
하늘아! 하늘아!
온몸으로 혼곤하게 갈겨쓴 활자들…

붉은 흙길 이리도 환한데
맨발이 부끄러운 나는 문둥이처럼 발을 칭칭 동여매고
시퍼렇게 황홀한 풀씨들
잠적하듯 뿌리 내린 길을
죄인 마냥 절룩절룩 흐느끼면… 길을… 갈 때
미혹을 밝히는 등불들
바로 지척에 출렁이고
수화로 귀를 연 이파리들만 숭숭 바람구멍을 내고 있다.

그 무엇이 있다

김종섭

영국사 은행나무 아래

비처럼 가늘게 바람 부는 날

잎 하나 은행나무에서 톡 떨어졌어

수백 년 동안 하나씩 떨어낸 이파리들은

오가는 사람들과 산짐승들을 기쁘게 만들었고

가슴에 희망과 그리움과 기다림을 주었지

오늘

지천에 깔린 숱한 만남들은

창문처럼 귀를 열고

잎이 떨어지는 소리를 가슴에 담았어

어느 절 아침 목어며 저녁 운판소리가 바람을 타고

여기 오래된 은행나무 가지에 홀로 앉으면

하나의 잎들이 성글성글 영글어지고

하나 둘 세월처럼 내려앉고선

만남들의 발끝에 멈추어 서서

"안녕하세요! 좋은 시간 되세요"

배려(配慮)를 서로에게 나누어주는 거야

지금도 은행나무 아래엔

떨어지는 특별한 그 무엇이 있어

죽로차(竹露茶)

김종인

대밭 사이사이 이슬 내리면
향이 좋은 싱그러운 야생(野生) 차나무 잎
대숲 짙은 그늘 아래, 푸른빛 차나무들이
부드러운 풍미(風味)로 자연을 머금는다.

쓴맛의 타닌(tannin)이 적어 달콤하고
솥단지에서 덖어 비빌 때
찻잎이 연하고 부드러우니 잎에,
자잘한 상처가 많이 생겨
도르르 말린 채 은은한 다향(茶香),
풋풋하며 지조 있는 연녹색
곡우(穀雨)에 담양 죽로차는
연둣빛 내음이 난다.

대나무 잎에서 떨어지는
이슬을 머금어 자란다고……
바람 한 줄기에도
우수수 서걱이는 대숲에서
위를 다 끊어내고 내려온
오랜 벗이여, 맑고 깨끗한
죽로차 한잔에
그냥, 웃네.

산벚나무를 읽다

김지요

길도 지워진 산등성이에
산벚꽃나무 혼자 발등만 보고 있습니다
하릴없는 바람이 그의 몸을 읽습니다
서너 장 한꺼번에 넘기기도 하고
어떤 날은 조목조목 옆구리를 들여다봅니다
세상과 한 마장쯤 떨어져 있는 그의 문장은
불러서 돌아보면 소리의 근원이 묻혀버리는,
잊었는가 하면 귓바퀴에 걸린 이명처럼
그 자리에 서 있습니다
꽃의 시절을 지난 산벚나무
맹목의 푸른 잎만 무성합니다
늦봄 언저리에 가시처럼 박힌 나무
바람의 혀가 핥고 있습니다
남은 한 획의 고요
귀가 먹먹합니다

쇠별꽃 사랑

김진수

아침엔 꽃이 되고
저녁엔 별로 뜨는
그런 사람 한 사람 가슴안에 품었으면

청천에
날벼락이 친들
엄동설한에 밤 깊은들

별빛역에서

김청수

너의 편지를 기다리다
별빛역으로 나간다
이방인들이 북적대는 별빛역
희망의 눈빛이 반짝거린다
내가 아직도
별빛역 간이의자에 앉아
너를 그리워하는 것은
작은 사랑의 씨앗 하나가
내 가슴속 깊이 뿌리 내리고 있기 때문이다
기차는 오지 않고
샛별들이 흘리는 눈물을 보며 나는
강물처럼 흘러가는 인파 속으로 자전거 페달을 밟는다
우리는 어느 우주에서
떠돌다 만날 수 있을까?

까마귀 · 1

김태수

그믐 등짐 지고 속 산 머물다
속이 밖이 타서 밤바람 몇 됫박 훔친 죄에
바람 그리메에 쫓긴다 삶이 된소리로
아픈 가슴 토하며 운다 이승에서 못다 울 울음
그대 귓밥으로 뚝뚝 떨어진다

꿈꾸는 시간 여행자

김태희

석양빛 물드는 언덕길로 양떼를 몰고 돌아오는 그대
잘못 빚은 도자기 휘청이다 다시 일어서고
눈 멀어가며 열사의 사막을 가로지르고
차가운 산맥을 넘고 넘어 고대의 문을 지나온 그대
성난 파도로 솟구치던 해일 다시 잠잠해지고
손발 묶여있던 그대의 동족들 해방 되는구나
거대한 제단에 흩뿌려지던 심장들 일어나 춤추는구나
동구 밖 젊은 느티나무로 묵묵히 서 있는 그대
낙화, 흩어지던 꽃잎들 다시 봉오리로 맺히고
베어낸 옥수숫대 토닥이는 빗방울 매달고 선 초저녁
푸르른 설산을 배경으로 별무리 쏟아지는 들판으로 달려가
환상의 빛 오로라를 만나고 싶다
신들의 영혼이 부드러운 숨결로 내려와 노래하는 밤
밤하늘에 펼쳐놓은 비단자락에
오랜 슬픔의 산맥을 지나온 시간 여행자
그대를 곤하게 눕히고 싶다
깊게 패인 시간의 그림자
그 어깨에 기대어 신생의 별을 꿈꾸고 싶다

은사시나무의 말

김택희

포구가 내려다보이는 간이역 뒤뜰
은사시나무에는 물오른 조기떼 살아요
오뉴월 꼬리 떨어 물결 오르내리더니
가으내 마음 다져요
겨울 찬바람에 흔들리면 무릎 꿇는 것이라고
장마철 비린 시간 다독이고
가을볕에 익힌 몇 날 며칠의 수행
비늘처럼 포개두었던 말
한 잎 두 잎 몸으로 풀어내요
기차가 싣고 온 찬 바다를 내려놓아요
콧등에 시린 바닷바람 닿고요

은사시나무 아래 굴비(屈非)떼
소리 내지 않아도 말뜻 흥건해요

* 굴비(屈非): 비굴하지 않겠다는 뜻이 있다.

은행나무 우체국

김판용

은행나무는 노란 우표를 판다
햇빛과 바람이 디자인한
눈부신 엽서들이 하늘에 팔랑거린다

그 우표를 산 눈 맑은 소녀는
갈피마다 쓴 편지로
노랗게 세월을 물들여왔을 것이다

켜켜이 감긴 나이테,
그 가을 우체국에 엽서들이 쌓인다
수북수북 저마다 새긴 사연들로……

은행나무는 가을마다 우표를 판다
온몸 바쳐 발행한 엽서들이 날아가고 나면
빈 우체국만 홀로 서서
오지 않을 답장을 기다릴 것이다

이팝나무

김하경

황달 든 얼굴 지나 살 내린 허리를 보고 나는 눈물을 닦았다

삼백 년 시간을 돌린 이팝나무
누명 쓴 며느리의 한
제 빛깔을 보듬고 있다

고추보다 붉은 시집살이
찬 서리꽃 하얗게 질린 생계 등고선에

흰 쌀밥 물 넘치듯 보글보글 끓던 며느리
내줄 것 다 내준 헛웃음 오듬지가 어색했다

눈물 사약보다 더 독한 치욕의 한 점
밥 한술 뜨는 것이 누명이었던 그녀 말기끈에 목매달았다

고봉밥에 돌아누울 서러움을 참아라
하얀 빛깔에 복받치는 눈물을 닦아라

달달한 소리로 타이르는 바람
이팝나무 기운, 가만가만 올라온 봄의 체온

산마루 하루해

김형만

산속에 울창한 초목을 보면
속 좁게 살아온 것 부끄럽습니다.
소나무, 싸리나무, 조릿대, 애기똥풀
이름 없는 나무와 풀꽃들은 서로 다툼 없이
어울리며 오순도순 살아갑니다

숲 속 개울 이루는 옹달샘을 보면
버둥대며 살아온 것이 부끄럽습니다
보글보글 도란도란 숨 쉬듯 물이끼 목 축이고
소금쟁이, 물방개, 장구애비, 물놀이하라고
물줄기 굴리며 큰물 되어 흐릅니다

숲 속에 집 짓는 텃새를 보면
욕심내며 살아온 것 부끄럽습니다
나무그늘 지붕 삼아 곤줄박이, 말똥가리들
둥지 걱정 없이 드나들며 살아갑니다

지렁이는 뒤지고 달팽이는 기면서
서두름 없이 느림의 미학으로 살아갑니다
숲 속에서 저문 해를 멍하니 바라보며
한숨 쉬며 바쁘게 살아온 것 부끄럽습니다

천태산 은행나무

김혜숙

오호!

우주 법당의 생불(生佛)

천년 하루같이

생로병사의 서사를 껴안아

대신 울어 흐르는 물소리

해마다 그 무량한 속내

단청으로 장엄하시네

성에꽃

김혜자

성에꽃은 검은색을 배경으로 핀다.
검은색 없이는 피어나지 못하는 꽃
검은색과 성에꽃은 하나의 꽃이 되었던 것이다.
어릿한 하얀 성에꽃은 어둠을 더 어둡게 하고
어둠은 성에꽃을 받쳐 주는 꽃받침이 되었다.
꽃 몽우리 준비도 없이 밤새 혹한을 양분 삼아
가만 가만히 화르르 피어나는 꽃.
그래서 무채색 물로 꽃을 피워내는가?
물처럼 연하고 순한 것이 또 어디 있으려나?
물은 어머니의 자궁 같은 것.
자연은 물로 시작해 물로 사라지는 것.
다만, 인간만이 자연을 거스를 뿐.
어둠이 시들어가면 성에꽃도 시들어간다.
유리 창문에 밝은 볕이 투사되는 순간부터
아무런 준비도 없이 중국의 변검술처럼
형형히, 은빛 눈부신 꽃들은 빛의 속도를 따라
찰나에 피어나고 찰나에 사라진다.
빛나는 건 한순간뿐인가 보다.

성에꽃

천 년의 약속

나문석

오랜 세월 지나도록
그대는 오지 않고
고장 난 나의 꿈들
천태산 산봉우리 오를 때
쏟아져 내리는 그리움
찔레꽃 가시에 찔렸나
보고, 또 보아도
별이 되지 않는 날
저 달은
은행나무 언저리만 맴돌고

가을 숲

나영채

바람에 물린 자리마다 붉어진다
산에 드니
골짜기에 맑은 기운과 청청한 새소리
그 길목에 적요한 은행나무 하나 서 있다
내 눈빛은 견고한 열매에 걸리고
꼬들꼬들한 가을볕은 뼈의 모서리마다 닿는다
온 세상에 스며든 기운을 아득하게 부벼대며 걸어온
나만의 가을 숲
밤잠이 점점 사라지고 아침이슬이 발목에 스칠 때마다
온몸이 아스라지게 춥다
얼마 남지 않은 시간은 뒤집어놓은 모래시계
고향 불빛 같은 햇살을 따라 걷는다
점점 작아지는 풀벌레소리를 들으며

천년 은행나무도 운다

나종영

이 세상에 태어나 처음으로
고개 숙여 낮은 자세로 어린 손을 내밀게 한
노오란 이파리 한 잎,
키 큰 은행나무 한 그루

길 위에 길 떠나 난생처음
청청 하늘의 소중함을 깨닫게 해준
천년 은행나무 한 그루,
어머니 손수 지으신 노란 보자기가 온통 하늘밥상을 덮었다

바람 불어 어디론가 흘러가고픈 날
느릿느릿 묵언의 숲길을 걸으며 알았다
언제나 푸른 산그늘 품에
목소리 짱짱하던 은행나무도 속으로는
천 년의 생을 기다리며 울고 울었다는 것을

보라
조선의 가을 하늘 아래 울려 퍼지는
천년 범종소리가
환한 꽃비 되어 그대 정수리에 무수히 쏟아지는 것을

천태산 은행나무

나종주

밤이 밤을 말하는 은근한 목소리
온갖 잡스러움 모두들 잠재우면
천 년의 세월 둥싯 부푼다
모든 것들 듣고도 못 들은 척
모든 것들 보고도 못 본 척
단상에 젖은 오래된 나무 한 그루
푸른 잎사귀 노랗게 물들도록
천 년을 하루와 같이 쉬지 않고
천태산 서린 입김 뿜어내며 서 있는
노오란 알 주저리주저리 달고 있는 저 나무

나무

나호열

단 하나의 기둥 위에
단 하나의 깊고 단단한
하늘을 얹기 위해
나무는
수많은 주석을
눈물 대신 달아놓았다

충효동 왕버들

남길순

사방을 돌며 앵글을 잡아도 화면은 비좁기만 합니다

내 안이 이렇듯 좁아 당신을 받아들이지 못할 때가 있습니다

여행길에 만난 왕버드나무,

몇 권의 책을 쌓은 듯 접고 또 접은 결가부좌

낮은 물가로 내려간 당신 앞에서 겸(謙)은 차라리 내게 과한 말씀입니다

지는 해도 이른 달도 서로를 비껴가는 석양

비로소 하늘을 차지하고

큰 몸집을 펴고 있는 나무 아래

사백 년 전 엽서 한 장 날아듭니다

참 따뜻한 당신

밤비소리

남서향

아득한 밤길
거침없이 달려와
내게로 온 당신

우산 속 젖은 마음
자꾸만
터지는 꽃망울

사랑이다
사랑이다
내게 속삭입니다
잠이 들도록

오목새김

남정화

점이 보인다
곧이어 선이 된다
이내 면을 갖게 되는 것
면면이 이어 내려온 반구대의 암각화처럼
면에 도드라진 그림
풍덩
물속에 빠진다
귀신고래
살랑
꼬리를 흔든다
면이 바스러진다
곧 선이 될 것이고
이내 한 점으로 환원한다
다시 처음이다

가을 수채화

남효만

내 손가락으로 사각을 만들어보면
어디든 가을이 한 장씩 그림이 된다

하얀빛, 꽃분홍 코스모스도,
파란 하늘 뭉게구름도,
노란 은행나무도,
붉게 물든 저 산 아래 단풍도,

한 장
한 장

포개어 가슴에 이 가을을 담는다
참 아깝다
보내기엔

정구지꽃 · 2

남효선

아무도 꽃이 되는 줄 몰랐다.
땡볕에서 흰 꽃을 말아 피울 줄은
아무도 몰랐다.

팔십 평생 닷새마다
정구지 뜯어
모진 살림 일으켰다.

한여름 허기진 배로 축 늘어진
식구들 일으켜 세운 것도
팔십 평생 어미가 가꾼 정구지였다.

한세월 허망 좇아 바깥 떠돌던
지아비 바람 곁을
한시도 떠나지 않던

땡볕, 온 힘을 쥐어짜내
하늘 받치며
미동도 없는 흰 꽃

파도소리 들리고
백합죽 달큰한 향
구십의 어미 얇은 어깨너머

젊은 어미 맨얼굴 걸어 나오신다.

황홀(恍惚)

노혜봉

사로잡힘! 벼이삭 고개를 숙인 채 나락은 금빛으로
기꺼워 찰랑찰랑대는 눈, 눈, 비늘눈이다, 숨막히도록
부드러운 저 금빛, 보는 것만으로도 눈이 가 닿을 수
있는 무한 가슴, 바람 불면 모조리 한숨에 퍼부어주
고 금빛으로 쓰러질듯 스러지는,

가슴, 거기

마지막으로 나누어 바닥까지 보여주고야 마는 볏짚
버혀질 자리다 빈자리　　숭　　숭　　버려두려는
한살이 생, 한 살림 바쳐 논바닥 바싹 마른자리에 마
련한 마지막 색이다 볏잎들 낱낱이 끝장나게 완벽한,
단풍! 금빛으로 단풍 든, 너울너울 들판은 농익어서
찬란한 모음이다 서걱서걱거려서 노을지는 후득 후드
득 흰두루미도　어디론가　사라진— 슬퍼서 슬프지
않은 금빛, 적막　속! 속속들이 단풍색, 해질녘 황홀
한 적요다! 저, 저, 저 소름끼치게 불타는 사로잡힘!

난쟁이붓꽃

도복희

산그늘로 실뿌리 내려서
수천 개가 한 방향인 꽃눈으로 일어설까요

해와 달 포개어지는 시간에
구름의 눈물처럼, 그믐달 빛 같은
아득한 입맞춤으로 다시 올까요

고산지역 바위틈,
검은 감옥에 갇혀서
종신형 선고 받은 무기수가 될까요

제 심장에서 떠낸 마음이
저렇듯 서러운 보랏빛일까요

헛것이다 헛것이다,
그 헛것에 취한 오랜 기다림이
마침표에도 푸른 싹 키워낸 걸까요

당신이 그리워질까요

그래서 돌풍이 불까요

비바람 휘몰아친 후일에
숨죽이듯 고개든 기다란 속눈썹

바르르 떨고 있는
수줍음이 온 산을 뒤흔들어놓을까요

나무들

도종환

바람이 분다 나무들이
비탈에 서서 흔들리고 있다
많은 나무들이 주목받지 못하는 곳에서
혼자씩 젖고 있다
천둥과 번개의 두려운 시간도 똑같이 견디고
목숨의 뿌리가 뽑혀나갈 것 같은 바람과
허리까지 퍼붓는 눈을
고스란히 맞아야 하는 날도 해마다 찾아온다
우리보다 더 먼저 폭염의 햇살에 찔리고
더 오래 빗줄기에 젖는다
도시로 불려간 몇몇 나무들 빼고는
많은 나무들이 가파른 곳에 뿌리내리고 산다
그러나 그곳이 골짜기든 벼랑이든 등성이든
나무는 제가 사는 곳을 말없이 제 삶의
중심으로 바꿀 줄 안다
별들이 제가 있는 곳을 우주의 중심이라고 믿듯
그래서 늘 반짝반짝 빛나는 눈빛을 지니고 있듯
나무들도 빛나는 나뭇잎 얼굴을 반짝이며
무슨 신호인가를 하늘로 올려보내며
거기 그렇게 출렁이며 살아있다

돌배나무 아래

류경무

찬바람 불던 그 여름
내겐 모든 것이 과분했던 남반구에 큰 바람이 불었다 그런데
나는 왜 여기 돌배나무 아래 누워있나 하긴, 어슴푸레 생각날 듯도 하다
그러니까 이 나무 아래 누운 저녁에는
나는 전 생애를 걸고 냉장고처럼 밤새워 노래할 수도 있는 것이다

흔들리는 돌배나무,
떨어지는 돌배에 이마를 내어주며
어떤 세기는 꽤 익숙했으나
어떤 세기는 몹시 위험했으므로 넘어가기 힘들었던 시절도 있었다

곧, 당분간, 잠시라면, 견디겠다 여기서 노래하며 견디겠다
흔들리는 돌배나무 아래
나는 지금,
밤을 꼭 지새고 말겠다는 어떤 작정과
도무지 용서할 수 없는 그 눈빛들과 싸우는 중이다

마치 제가 내 입이라도 되는 양
모든 나무들이 나를 대신해 노래하고 있다

풀잎

리임원

작은 풀잎은
바람이 스쳐도 흔들리고
비가 내려도
허리 굽히고

어느 석양 속을 걷는
나그네의 길처럼
고달프고 외롭다

그러나
이슬이 고요히 내려지는 새벽이면
풀잎은 보이지도 않는 가슴을
활짝 펼치고

있지도 않는 사랑을
그리고 있다

꽃이 지는 속도

마경덕

봄비에 벚꽃이 진다고 뉴스가 열을 올린다
며칠만 더 버텨달라는 당부에 꽃의 속도가 들어있다
축제가 지고 있다는 쓸쓸한 저 말은
꽃잎으로 불을 켠 허공이 어두워진다는 것,

한 해를 준비한 캄캄한 하늘이 며칠 흰빛으로 환하더니
서둘러 소등(消燈)을 한다는 소식

비의 무게에 축 늘어진 나뭇가지
꽃이 지는 속도는 얼마나 빠를까
잎이 꽃을 밀어내는 시간을 계산하면 낙하의 속도가 나온다
허공과 지상의 간격
벚나무의 키만한, 딱 그만한 거리가 꽃의 일생이다
발치에 그림자를 뉘어놓고 키를 잰 나무들은 봄의 길이를 알고 있다

바람의 옷깃을 잡으려고 몸부림치는 꽃잎들
허공을 나는 몇 초의 시간,
추락의 두려움을 알기에 직선을 피해 포물선으로 날고 있다
바람의 등에 업혀 시간을 벌고 있다

담쟁이

문설희

오래된 고가 담벼락에 담쟁이
깃발처럼 푸른 잎 달고 기어오른다
아무도 모르게 바람에 묻혀온 씨앗 한 톨
돌담 아래 떨어져 마른 바람을 휘감으며
담벼락 밑에 뿌리를 내리고 있었나 보다
담벽에서 질긴 생명의 길을 찾았을까
가뭄에 적신 빗줄기로 설움 풀어
고사 직전 갈증 달콤하게 해소하고
담쟁이 씨앗 불어난 몸 푸릇한 기미
껍질 뚫고 옅은 녹색 새순 돋았네
어머니 재봉틀 돌린 듯 고운 잎
드센 바람에도 오르고 또 오른다
묵직한 담벼락을 버팀목으로 삼아
끝 모르고 올라간 저 웅장한 바람벽
손바닥 같은 절벽에서 호흡을 고른다
꽉 막힌 고독한 세월 아득하다 해도
한 뼘 오르기에 한 생을 쏟아붓는다
오르다 보면 열리리라
푸른 하늘 바람길

능소화(凌霄花)

문철호

하룻밤 사랑이
영원한 그리움이 될 줄이야
어찌 알았으리.

한 송이의 꽃이 되어
는개 내리는 이른 아침에
담장 너머 말소리에 귀 기울이며
까치발로 고개를 삐죽 내민다.
그리움이 주황으로 물든다.

달콤한 속삭임이
그리움의 한(恨)이 될 줄이야
어찌 알았으리.

한 송이의 꽃이 되어
궂은비 내리는 까만 밤에
담장 너머 발소리에 귀 기울이며
말없이 눈물을 흘린다.
한(恨)이 주황으로 뚝뚝 진다.

한때

문충성

한때
밥보다
시가
더
소중했다 한다

요즘
시는
밥보다
못하다 한다

그러나
밥만 먹고 사는
사람도
시를
읽는다 한다

한때

길

민순혜

천근의 무게로

짓누르는 이 무지한 속박!

젖은 옷을 벗어버리듯

털어내고

홀연히 떠나고 싶다.

눈 깜짝할 사이

민재웅

산수유꽃인 줄 알고 만지다
꿀벌에 쏘인 것 순간이었다
후배가 떠났다는 전화 받다가
앞차 들이받은 것 순간이었다
욕심을 잔뜩 비벼넣은 콘크리트로 세운
백화점건물 폭삭 내려앉은 것 순간이었다
꽃구경 나온 사람들 물결에 밀려
네 살배기 아들 손 놓친 것 순간이었다
자신도 모르게 수십 억 인구 자석처럼 붙이고
자전과 공전 사이에 던져진 것 순간이었다
막 깨어난 애기나비의 여린 한 세상
직박구리새가 낚아챈 것도
눈 깜짝할 사이의 일이었다

단순하고 간결하게 깊어나 볼까?

박경분

우주의 한구석이 환해지며
가을의 농도로 바람이 불어옵니다.
등등하던 여름은 서둘러 낙향하고
코스모스 흔들리는 진동의 각 사이로
또 이 가을의 오후가
자분자분 익어가는 내 고향 부엉골입니다.

온종일 꽃방석에 앉아 놀던 구름
그 꽃물 활활 노을 속에 풀어놓고
소따배기 산을 넘으면
미운 일곱 살 코스모스 시골길이
내 뜨락으로 옮겨와
태곳적 갈바람이 귀뚤귀뚤 울어쌓고
까막한 옛날 여기 다시
달빛 희롱하는 박꽃으로 흐드러집니다.

돌담 밑 호젓이 노오란 산국
더 이상 오지 않는 그대인 듯
그 가녀린 꽃잎 눈이 깊습니다
또 가을, 단순하고 간결하게 깊어나 볼까요?

폭염

박경조

담벼락 아래 머위잎, 그 손바닥만한 그늘까지

사정없이 태우고 있습니다

듬성듬성 남아있는 그늘, 거기

지렁이 한 마리 소신공양 중입니다

폭염

어머니

박관서

어머니 다녀가셨다
목 언저리에 돋은 혹 수술하고
흰머리 검은 물들여 파마하고
무엇이 그리 바쁜 빈집
빈방을 며칠간 지키다가
며느리가 챙겨주는 용돈 몇 만원
미안하다 미안하다며 연신
떨리는 손으로 챙겨 담고
기차타고 가셨다 고향으로
십 원짜리 고스톱을 치는
임대아파트 경로당 친구들이
그리워, 그리움의 바깥에 선
낡은 아들 흔들리는 가슴을 밟고
어린 어머니 다녀가셨다

합장

박권수

어찌 살았는지
어찌 살아왔는지
질문들이 하얗게 흩어질 때마다
하늘과 땅
분간하기 힘든 지점에 내려
대롱거리는 단풍
질끈 세상을 동여매고 보니
아뿔싸, 하늘과 땅 압사당하고

생의 저쪽

박기섭

프린터 잉크를 갈아 끼우는 아침

어느 변방 시인의 때 이른 부음이 왔다

서둘러 편집한 가을의 출력지를 받는다

죽음의 단서는 끝내 잡지 못한 채

출력지 모서리를 파랗게 적시는 하늘

억새꽃 하얗게 붐비는 길도 한참 여위겠다

어미 새

박기임

온종일 그르륵그륵
굴렁쇠소리를 내며 우는 새
세상 밖으로 빠져나갈 틈새를 찾는다
누구의 뼈대로 만들었을까
숨 막히는 공간의 둘레를 쪼아보기도 하고
잔머리를 쑤셔 넣어
삶의 깊이를 재보기도 한다
평생 날아오르는 날갯짓에
한 움큼씩 빠져나간 세월의 파편들
한 자락도 깁지 못하고
토막 난 한숨 삼키다가
알집으로 슬그머니 몸을 숨긴다
푸른 어둠 각혈할 때마다
문 밖으로 굴러 떨어지는 알
품을 생각하지 않고
가슴 밖으로 밀쳐낸다

이 어미는 닮지 마라,

오래 서 있는다는

박미선

노을이 가고
저녁이 오고
딱따구리가 구멍을 뚫어 새끼를 부화하는 동안
한 대(代)가 이울고
오래 서 있는 일의 의미가 알고 싶거든
제 살을 찢어 새끼 나무들을 품고 선
영국사 입구 천태산 은행나무의
늙은 몸통을 안아보면
천둥, 번개의 흔적까지 불러 제 몸에 새긴다는 것이었네
귓속으로는, 수피(樹皮) 아래 흐르는 물들이 속삭이지
나무꼭대기까지 올려다보지 않아도 돼
올려다보지 않고도
저렇게 높은 존재의 품이 되기까지는
지금부터서라도 다시
천 년이 걸린다는

그런데

박병희

다정하게 손잡고 등산하는 남녀 대부분이
불륜이란다

동백 같은 노각나무꽃 하얗게 무너지는 7월
천태산 영국사 올라가는 가파른 바윗길에
중년 남녀가 다정하게 손잡고 등산하고 있다
다정해서, 불륜이다 그런데
아름답다

이 세상 불륜 아닌 것 어디 있을까
오지랖 넓은 영국사 천년 묵은 은행나무도 한 곳만 바라봤으면
해마다 몇 천과의 사리를 어떻게 얻을 수 있었을까
불경스러운 것이나 불경소리나
불륜행이나 법륜행이나 다 부처님 바퀴 안에서 도는 것
백 년도 살기 어려운 생에 불륜이란
갈바람에 날리는 영국사 은행나무 한 잎만도 못한 것

장맛비 그친 서쪽 하늘에 불타는 노을처럼
애틋하니 아름답다, 불륜행이

감시카메라

박봉희

저 뜬눈의 옹이, 안구돌출증이다
푸석한 나무껍질 사이
툭 불거진 매듭, 날 선 비명이다
나이테가 없다
역광을 배경으로 나를 응시한다
고화소의 줌렌즈
찰칵,
안구건조증의 내 눈을
피사체로 포착한다
순간 소스라치는 비명,
내 안을 경계한다
눈 감지 못하는 옹이
내 몸속 어딘가에 뿌리 내리고
녹슨 다이얼 돌리듯 삐거덕삐거덕

너의 작은 것

박상봉

오늘도 성호공원 단원조각광장에 가서
너를 만났다
스물두 폭 풍속화첩 환하게 펼쳐진 공원 안
향훈 그윽한 바람의 화원에서
자산홍 잎사귀 붉은 물오른
너의 작은 것을 오래 바라보았다
그리움이 깊으면 젖도 탱탱 붉어지는가
물빛이 나뭇잎으로 검어지는, 산책하기에 알맞은 달
너에게로 가는 아침 산책길이 무뚝뚝한 안갯속이다
단풍 든 노란 샛길 따라 수지법으로 더듬어 가야 할 문장이다
너의 작은 것이 오늘은 남종화풍이다

꽃게

박서영

뜨거운 물에 들어가면
등가죽이 붉어진다
등가죽에는 요즘 유행하는 지퍼가 없다
자궁의 뚜껑이다
노랗게 꽉 찬 자궁을 끌고
어딘가 돌아다녔을 것이다
텅 비면 죽는 몸의 아마존지역
그것을 지키려고
우리 몸에는 붉은 등딱지가 있다
딱지를 벗기면 참혹이 드러난다
그곳에 비벼먹는 밥 한 덩이

식탁 위에 솟아오른 태양의 무덤
오늘 저녁의 식사는 태양을 파먹는 거다
바다를 파먹는 거다
너의 아마존을 게걸스레 파먹는 거다
몸의 회복을 위해
눈부신 태양의 무덤에 간다

애기단풍잎

박선영

문수사 오르는 길목에
꼬마 계집아이 하나 서 있다

엄마! 엄마! 부르짖으며
조막손으로 눈물, 콧물 훔치며
발을 동동 구르는 폼이 너무나 안쓰럽다

'이름이 뭐니' 라고 묻자
고개를 좌우로 살래살래 젓더니
순식간에 울음보를 터트리며 앙! 하고 울어버린
고집이 황소고집일 것 같은 작은 아이

얼굴이 파랗게 질린 엄마
절 언덕 쪽에서 허겁지겁 달려오자
치마폭에 달려들어 꼭 안기며
뚝뚝 떨어지는 아이의 눈물방울 훔치며
앙증맞게 새끼손가락 걸고 있다

어이없어 멍하니 바라보며 서 있던
내 눈과 마주치자 '메롱' 하며 웃는다
덕지덕지 얼룩진 자그마한 얼굴엔
수채화 물감을 풀어놓은 듯
가을 햇살이 은행잎처럼 노랗다

연등

박수완

노랑 빨강 파랑 연초록 잎새마다 핀 연등
봄꽃잔치에 초대받은 새들도 벌 나비도
어린아이도 아줌마 아저씨도
저 숲 속에서 은유시인이 된 할머니 할아버지도
청춘의 바다에서 환희의 노래를 부릅니다

주렁주렁 매달린 웃음 참지 못해
머금은 밥풀 마구 마구 터트리는 저 금낭화
입가에 수줍은 미소 사알짝 감춘 노루귀
새침떼기 설앵초 붉으래 물든 볼따구니
화사한 몸짓으로 어디라도 펄펄 날리는 왕벚꽃
온산을 불 지르고도 성이 안찬 진달래 철쭉
손에 손에 촛불 켜들고 봄의 성가를 부르는 소나무
한 줌 가득 움켜쥔 꿈 활짝 펼쳐
누구에게라도 선선히 나누어주는 통 큰 머위
고운 자태 맑은 미소 선녀인 양 하늘에 비친 하얀 목련

부처님 오신 날 꽃등 잔치

은행나무

박완규

우리 집안 대대로 사랑 받으며
아끼던 천도복숭아나무처럼
함부로 손도 못 대게 하시던
금빛으로 물이 든 한 쌍의 은행나무
가족처럼 울안에 심어 놓았더니
힘 있게 가지 뻗으며 자라더니
듬직하게 자리 잡고 서 있다

열대야 바람이 불어왔을 때에도
서로를 바라보며 사랑을 나누다가
오월에 꽃피어 푸르름 자랑하고
살랑살랑 잔바람에도 잎을 펄럭이며
비바람에도 고른 숨결 내쉬고
사시사철 변화하는 계절에 순응하며
노랗게 익은 열매를 매달고 있다

든든한 노목으로 건강하게 자라면서
나그네들 마음까지 노랗게 물들이며
나무의 그림자를 키워내던 은행나무
해질녘 노을처럼 붉게 타오르는 가을되면
노란 은행잎을 책장 속에 넣어두었다가
흰 칼라 소녀와 인연의 끈 만들었던
은행나무처럼 변함없이 바라보며 살고 있다

고지의 소나무

박은숙

용머리 고지의 저 소나무
내 어릴 적 그때도
저 곳에 우뚝 솟아있었는지
기억에 없다

앞산 소나무가 서 있는 풍경을
기억하지 못하는 것은
베어지고 없는 삽짝 밖 호두나무가
시야를 가렸기 때문일 것이다

우주를 한 바퀴 돌아
다시 찾은 고향 무주

소백산 정이품 소나무처럼
하늘 가까운 곳 보호수로 자란
동산의 소나무
6·25 때 마을과 사람들을 지켰다지

어쩌면 저 뿌리들의 근원이 나를 키웠어
저 동산 고지에 올라
큰 소나무에 쿵, 쿵, 허리 들이받고 싶다

설움의 세월 잘 살아서
나, 이제 왔노라
신고라도 하고 싶다

산도라지

박은우

비바람 훑고 간 자리
연지곤지 깨끗이 지워버리고
외홀로 눈을 뜨는 자줏빛 그리움
작년에도 기다리다 흙에 눕더니
언 땅속 동안거로 털어낸 아픔
올해도 여전히 그 모습이네

쇠뜨기 모진 칼날 바람을 베어도
봄은 기다림처럼 다시 오는가
자줏빛 풍경소리 비탈에 앉아
먼 산만 바라보며 삼킨 외로움이
뼛속에 하얗게 쌓여가는 너
내 안에 만개한 그리움이네

낙화공양

박이화

운흥사 법당 아래
검버섯 만발한 산벚 두 그루
올해도 아름드리 꽃을 피웠다
세월도 쌓고 쌓이면
향기로운 법문이 되나 보다
하지만 일만 꽃잎, 꽃잎마다
제각각 백팔번뇌의 봄을 피운다면
저 노구의 산벚나무
얼마 못 가 고사목이 될 것이다
다시는 산벚꽃 피울 수 없을 게다
하지만 봐라
산벚꽃, 저 가배얍은 낙화공양으로
운흥사 산벚나무 해마다 성불하는 것을

가을, 은행나무

박이훈

노랗게 곪은 언어들이
난무한다
잊어야 할 슬픔도 덩달아 운다

다시 잉태할 연둣빛 새싹 품으려
돌아보지 않을 걸음들인가

눈부시게 단장한
천태산의 가을

아름다웠다고 기억하라
천 년의 신부여

꽃들은 모두 안녕

뒷모습

박일아

네가 떠나면서 남긴 뒷모습
저녁 하늘이 붉게 멍들었네
은행잎은 제 터전을 떠나야 함을 알고
노랗게 가슴앓이를 하는데

고향을 잃은
실향민 가슴은 무슨 색일까

정든 터전을 떠나온
새터민은 하루하루 사는 것이
기술이다

괜찮다 괜찮아
밤새 별들이 눈 반짝이고
반달이 조용한 미소로
등을 토닥여준다

가을바람은
낙엽을 휩쓸고 어디로 가는지
계절은 누구를 위하여 가고 오는지

꽃 마중

박주원

들뜬 마음에 버선발로 골목을 나선다
겨우내 춥고 어두운 세계에서 나온듯한
유령처럼 외롭게 서 있던 고목에
탐스러운 벚꽃이 한가득 피어있다
가지가지마다 탐스런 꽃 잔치가 열리고
윗집 아랫집 사람들 모두 사립문 박차고
꽃 마중에 버선발이 허공을 둥둥 떠간다
달음박질치며 들떴던 마음에 하늘이 다가왔다
따스한 봄바람이 골목길을 돌아 나오더니
한 아름 벚꽃을 안고 신작로로 신명나게 달린다
어젯밤 별똥별이 유난히 들판에 많이 떨어졌지
개버드나무 연초록 물오른 이파리를 살며시
만지고…… 노오란 산수유에 내 마음 머문다
부질없는 마음이 종종걸음 꽁지발 들고
촉촉한 꽃 냄새 풍기며 꽃 마중 떠난다

풀

박지영

전생에 나 무엇이었기에
보이는 것이 모두 축생으로 보이나
그러고 보니 주변에 동물 아닌 게 없다
잘라내도 자라는 풀
뽑아도 또 나는 풀
그것도 근성은 동물적이다
땅에 이빨 꽉 박고 있다
모질다
무엇이 그 몸에 깃들었기에
몸짓이 축생을 닮았는지 모르겠다

운홍사 마당에는

박창기

운홍사 마당 벗나무 아래는 백야다
대낮에도 백야는 시들 줄 모른다
벗꽃 수만 등이 불 밝히면
봄바람이 발길을 잡고 놓아주지 않는다
늙은 두 그루 벗나무를 한참 바라본다
저 아래 서면
왜 나는 사랑이나 미움으로 갈증을 느끼고
저 아래 서면
왜 나는 추억에 목메고 마음을 걸어 널게 되는지
꽃등불에 내 맘을 들켜서다
부질없던 내 과거가 하얗게 까발려서다
오늘 나는 두 그루의 부처에게 법문을 듣는다
—니가 회개하고 비웠으면 그것으로 족하다
—오로지 니가 회개한 것이어야 한다
—아무도 너를 구제할 수 없다는 걸 명심해야 한다
—니 목숨은 떨어지는 꽃잎 하나보다 못하다는 걸 명심해라

가을과 산

박현선

참 오랫동안 애달파 했더랬습니다
연둣빛 손수건 흔들던 그날부터
지척에 두고도 만나지 못한 세월
가로놓인 강물만 무심히 흘렀었지요
말없이 흐르는 강물이 미웁기만 했지요
참을 수 없는 고통은 불길이 되어
여름내 뜨겁게 가슴을 태웠습니다
그렇게 태우고 또 태우던 어느 날
문득 깃털처럼 가벼워진 몸뚱이 한 점
허공을 천천히 날아올랐지요
오랜 열망의 끝자락에 걸린 떨림으로
얼굴은 붉게붉게 달궈졌지요
바람의 등에 올라
얇고 부드러운 치맛자락 나풀거리며
비로소 강을 건넜습니다
아, 언제나 늦은 사랑은
날카로운 신음으로
이 능선 저 골짝 홍건히 흘러내립니다

셋방마을의 석양

박형자

금계국이 활짝 핀 셋방마을 앞 바닷가
먼 곳에서 가까이서 점점한 섬들이 떠 있다.

카메라를 들고 있는 수많은 사람들
눈동자를 번뜩이며 렌즈에 초점을 맞출 때
붉은 해는 서산 봉우리에 가만히 내려앉는다.

늦가을 애기단풍처럼 붉게 타오른 저녁 하늘
바닷속으로 빨려들어 한 몸 되어 뒹군다.

석양은 삶의 애환을 품에 감싸 안으며
눈부시게 아름다운 빛깔로 채색하고
작은 섬 뒤로 숨어드는가 싶더니
순식간에 바닷속으로 가라앉는다.

대자연의 경건함에 순응하는 이들에게
아름다운 세상을 만들어주고 싶어
노을은 붉어지고 해는 석양으로 지고 있는가……

셋방마을의 석양

"""

낮달

박혜옥

느리고 미욱하여
허구한 날 놓치고 말았어요

뒤늦게 숨차고 뜨거울 때
그대는 이미 식어
단 한번 품에 들지 못했지요

행여 뒤돌아볼까
오늘은 부끄러운
낮달로 떴어요

감자를 심다

박희선

산중 화전 밭에
봄 감자를 심었다
검은 비닐로 이랑을 씌우고
산짐승 몰래
어린 감자씨를 숨기었다
살얼음 밤 날씨에
감자 눈 얼지 말라고
흙으로 소복하게 덮었다
낯설고 외로운 땅에서
무서워하지 말고 잘 자라라
토닥토닥 달래어 주었다
산돼지 발자국 들리거든
절대로 우는 소리 내지 말라고
굵은 씨감자에게
단단히 일러주었다

벚꽃 지던 날

방두종

변심한 그녀가 내게 온다
과묵한 지아비 버리고
어린 자식도 팽개치고
팔랑팔랑 촐싹대며 요란스럽게

파란 도화지에 나비무리 꽉 채워 그려놓고
분 냄새 풀풀 풍기며 나를 적신다

속삭인다
꼬드긴다
모든 것 다 내려놓고
같이 유랑이나 떠나잔다
이 환장할 봄날에

바람개비 같은 그녀
밤 지나면 또 변심하여 달아날 줄 알면서도
그 화려한 유혹에 빠져
깊숙이 젖는다

머릿속은 온통
그녀가 미친 듯 달려들며 벗어던진 스타킹이 된다

수련

배남이

해가 뜬 날은
찾는 사람이 많아서
꽃잎을 연다

비 오는 날엔
찾아오는 사람 없어
꽃잎을 오므린다

비 오는 날이면
우산을 쓰고
종일 외로운 너만 보고 싶다

파란 가을 하늘이 말하는 것

배상숙

파란 가을 하늘의 도시
비행기가 일자 획을 긋고 지난다
비행운 틈으로 내다뵈는 하늘의 속살
감당할 수 없을 정도로 하늘의 속살이 하얀 것은
그 속에 눈부시게 맑은 이유가 담겨있는 것은
하늘색 눈물을 감추고 있기 때문이다
하늘이 파랗다는 건 꽃 진 자리처럼
지면으로부터 최대한의 거리를 두었다는 것
품을 수 있는 넉넉함을 마련하였다는 것
붉은 피를 가진 상처받은 가슴이 그저
쓸쓸한 추억을 먼 거리만큼 두고 보겠다는 것
문득, 먼 데 하늘을 바라다 볼 때
몸통을 금그어버린 비행운처럼
묵묵하게 포용하는 너그러움을
그저 말없이 보고 배우라는 것
하늘색 하얀 눈물 한 방울쯤
가슴 한켠 숨기고 살라는 것

대나무

배종대

속절없이
바람에
흔들린다고 말하지 말라

가없는 세월
마디마디
속 비우고
흔들리며 산다는 것이
내 속에 들어온 생명
번데기 허물을 벗은 것

빈 것이 찬 것이며
찬 것이 빈 것인 것을
비워있다 누워만 있으랴!

흔들림은
바람 때문만이 아닐진대
그렇다고
흔들린다고 말하질 말라

은행나무 같은 사람이 되어

백승훈

천 년의 바람을 건너온
은행나무 푸른 그늘에 들고서야
지난 반생이 잠시 잎새에 이는
한 올 바람인 줄 알겠습니다
당신이 끌고 온 물빛 그늘도
내가 품고 온 날 선 원망도
눈 한번 감았다 뜨면 사라지는
순간의 일인 줄도 알겠습니다
세상에 지친 사람들 불러모아
자신의 그늘에 쉬게 하는
천태산 은행나무 친견하고 돌아오는 날
내 안에 다짐 하나 새겨넣었습니다
살아온 날들의 그림자
조금씩 키를 늘이는 생의 오후
나도 은행나무 같은 사람이 되어
돌아보면 언제나 든든한 배경이 되어주는
당신만의 푸르른 은행나무로 살겠습니다

그린빌 고양이

백지은

본 적 있나요
풀 먹는 고양이요
바람이 포르르 불어와 풀을 모아주네요
황금색 줄무늬 고양이는 우아한 자태와
썩 잘 어울리는 풀숲에 퍼질러 풀을 먹고 있어요
까칠한 풀을 녹여 먹느라 정신없던
황금색 줄무늬 고양이
배가 불룩한 것이 새끼를 가졌나요
야옹하고 울까요 음매하고 울까요
언제쯤
고양이다운 울음소리를 낼 수 있을까요

겨울 고춧대
—고향 2

변길섭

해마다 여름 텃밭에서는
노인네의 피를 빨며 고추가 익어가고
그렇게
지붕 위에서도 마당에서도 고샅에서도
여름이 붉게 타고 있었네

피 빨리고도 노인네는 싱싱하게
2급 정교사 자격증도 만들고
이리저리 다 나눠주고
생각해보니 그러고도 남은 게 있어
잎도 떨어뜨리고 가지도 내어주고
그렇게
한 가을, 한 가을이 저물어 갔었네

칼바람 대문짝 흔들어대도
쇠가죽 껍질을 하고선
눈 허옇게 뒤집어쓰고
꿋꿋하게 텃밭 지키고 서 있는
겨울 고춧대

다시 쓰여지는 것들에 대하여

변영희

감 하나를 잘라내자 가지가 높아졌다 또 하나의 감을 따내자 다시 푸르르 높아진다 하나를 더 바라 손을 뻗으니 잡히지 않는다 깨금발조차 멀다 이파리 떨구고 열매 내주며 맨몸이 되어가는 감나무 그 깊은 품이 안은 붉디붉은 생명 그 하나하나의 무게감이라니

포르르 날아온 새들 나뭇가지를 타고 넘는다 발랄한 새들의 몸짓에 가지를 떠난 홍시가 피 흘리며 쓰는 말씀 붉게 허물어진다 바람에 흔들리는 붉은 맨드라미 탄성을 지르며 씨앗을 털어내는 늦가을 정원 쉼표, 마침표. 말줄임표……

적막이 찾아와 엎드려 읽다

벼(禾)

사윤수

안뜰 논 들판이 만삭이다
태아가 뱃속에서 열 달 동안 크는 까닭이
나락 익는 시월 상달에 그 뜻이 있었나 보다
들판은 판판 콩가루 듬뿍 뿌린 콩시루떡을 닮았다
어느 줄기하나 웃자라지 않고 엉키지 않고
빼곡빼곡 송아리송아리 이삭을 매단 자세가
온통 금빛 칠갑 눈부시다
어렵사리 멀리 갈 것 없이 평등 평화 겸손
사랑과 질서가 벼농사 예술에서 왔다는 것도 알겠다
가을 들판은 성공한 사회주의 백 마지기
저 양식을 먹고 사람들은
수만 갈래 서로 다른 길을 간다

나목(裸木)

서정혁

겨울나무는 외롭습니다
눈도 쌓이지 않은
앙상한 가지에
까치가족들 마저 떠난
빈집만 덩그러이
나무를 지키고 있습니다
대낮의 쨍한 해님도
깊은 밤 놀러온 달님도
그를 달래주지 못합니다
나무는 다시 기다립니다
종달새 치솟는 하늘과
말없이 가버린 봄을!

그믐달 속에 숨다

서주영

나의 문 밖엔
외로움의 그림자가 마른 가시나무처럼 서 있다
어둠 속,
매독처럼 확 번지는 그리움을 서리서리 부여안고

쓸쓸한 시간의 아가리 속으로
턱 괸 외로움을 몰아내던 내가
송곳 같은 너에게 찔린다
오동통 살찐 생각을
꾹꾹 눌러 끄며 오래오래

귓속 깊숙이 너를 꽂던 밤이
복면을 벗어던진 채 내 앞에 다가선다
도진 상처를 싸매지도 못하고
외발로 다가온 나의 걸음새를 바라보는
내 마음이 생인손처럼 아프다

삼켜야 할 기억들은 아직도 활화산처럼 뜨거운데
살 냄새 무거운 어제의 이력들이 찢어진 북소리처럼
내 안에 슬픔으로 고인다

깨진 그믐달 속으로 홀연히 내가 숨는다

쓸쓸한 가을날

서지월

그대가 와 키스하고 가버린
등 뒤로 폴폴폴 은행잎이 날립니다.
숱한 날들의 희뿌연 사연의 갈피가
노랗게 물들여져 흐느낍니다.
가고 아니 오는 세월의 갈림길에서
멈출 수 없는 시간, 시간들

바람은 불고
나의 창가에 성에처럼 쌓이는
아름다운 고독,
잎 지는 숲 속 그 어디메쯤
그대는 또 마른 입술 보이며
돌아서 오고 있을까.

쓸쓸한 가을날

고향

서효륜

창에 서려 있는 서리를
손톱으로 긁어본다

네 잎 클로버를 그리고
북두칠성을 그리고
은사시나무를 그리고
학교를 그리고
풍금을 그리고
은행나무를 그리고
촛불 하나 그리고
비둘기를 그리고
누렁이를 그리고

바람을 밀치고
손가락 끝에 빨간 등이 따라왔다

일순 창이 환해졌다

그리고
너의 이름을 크게 썼더니
창이
날아올랐다

Fine, Fine

서 희

나뭇잎이 떨어진다 나뭇잎이 땅 위에 눕는다

나뭇잎은 나뭇잎인데, 1초 전까지는 나뭇잎인데 소리 없이 떨어진 나뭇잎은 더 이상 나뭇잎이 아니다

바삭하고 싶었다 덴푸라 껍질처럼 물기를 죄다 거두고 싶었다 입안에 넣으면 바삭바삭, 온몸이 부서지는 최후의 소리를 듣고 싶었다

—나뭇잎, 넌 심장도 뜨겁지 않니?

마지막 생은 기러기 깃털처럼 가벼운 날숨을 내쉰다 가을엔 왜 이렇게 날숨을 내쉬는 것들이 많을까, 생각해본다 호흡을 멈출 때마다 온몸으로 떨어진 낙엽이 땅 위에 쌓인다 생을 마친 소리들이 후둑후둑 적요의 숲에 고스란히 내려앉는다

마지막 곡은 가을에 끝났다 물기 마른 그, 소리,

* Fine: 피아노 치다가 곡을 마치라는 뜻

단풍 지는 산길 걷다 보니

성낙수

단풍 지는 소리 들으며
산자락에서 하늘로 난
작은 산길에서 돌아보게 되는
조금은, 헛되게 살아온 것들

진정한 친구는 얼마나 되나
마음으로 온전히 사랑한
사람은 누구인가
마음의 잣대로 나만 생각하며
잡고 있는, 지고 있는 시간들

나를 만나 삶이 아름다운 참된
한 사람 있었을까
나를 온전하게 전부로 사랑한
한 사람 있었을까
나를 사랑해 삶이 의미 있는
한 사람 있었을까

낙엽 지어 앙상한 가지로 남은
빈산의 오솔길에 서서
조금은 의미 있게 돌아보는
비로소 곱게 단풍 든 시간들

동거

성명남

담장 안의 호박 줄기가 목을 길게 빼고
생면부지의 감나무를 향해 손부터 내민다
혼자서는 곧게 설 수 없는 줄기의 생이
손 잡아줄 누군가를 향하여 먼저 다가서는 것이리라
늙은 감나무를 위해 덩굴손의 방향을 살짝 바꿔놓고
노끈으로 잘 묶어두었지만
이미 뜨거워진 감나무의 가슴에 손을 넣어본 뒤였는지
하룻밤 사이 다시 몸을 틀어 곁가지 하나 꼭 붙잡았다
그들의 동거가 시작됐다
나무는 가지를 흔들어 햇볕 나눠주고
잎을 맞대어 세찬 장맛비 막아주었다
덩굴손은 군데군데 노란 꽃등을 켜고
나무의 해거리로 절명하는 풋감을 지켰다
서로 한 몸이 되어 긴 여름을 났다

감나무에서 호박이 편안하게 늙는다
호박덩굴에서 감이 붉게 익는다

빅토리아연꽃

성태현

무시로 열풍이 불어와서
마음마저 뜨거워지는 여름밤이다
삼각대를 고정시키자
아마존 깊은 수렁에서 건너왔을
요요한 여인이
어둠 속에서 살랑살랑 물살을 흔들며 다가온다
단 이틀 동안, 피우고 시들고야 말 꽃의 전조는
붉게 타오를 정념뿐이다
어젯밤에는 새하얀 면사포를 쓰고 왔으니
오늘 밤에는 그 옷을 벗어던질 것이다
캄캄한 밤에 붉은 알몸으로 와서
홀연히 씨를 품고 가라앉을 여왕의 자태
오늘 밤,
침몰 직전의 그 꽃을 담으리라

그날 밤, 그녀는
단 한 컷의 붉은 알몸으로
누군가의 망각 속에서 타게 될 것이다

비 개인 숲 속 아침

손관숙

비 개인 숲 속에 아침 햇빛이 찬란하게 비친다.
빗방울이 나뭇잎에서 보석처럼 빛나고 있다.
해님은 마냥 즐거운 듯 밝은 빛을 비추고 있다.

물방울은 수정보다 더 아름답고 찬란하다.
새들은 지저귀고 나비들은 날개를 말리려고
팔랑거리며 날아다닌다.
벌들도 윙윙거리며 지난밤 비 맞은 날개를 말리고 있다.

여기저기 피어있는 들꽃들도 향기를 내뿜으며
수줍은 얼굴을 살포시 들고 해님을 바라본다.
키 큰 나무들이 바람에 살랑거리고
순박한 들꽃이 키 큰 나무들을 바라본다.

숲 속에 있으니 물방울도 찬란하다.
숲 속의 흙냄새는 고향의 그 냄새,
숲 속을 거닐면 지친 모든 생각들이
사르르 빠져나간다.

숲 속은 모두가 조화를 이루고 있다.

해바라기

손남주

여름 활활
다 태우고
촘촘하게 맺힌 까만 기억들,

날마다 하늘은
파랗게 깊어져

담 너머
고개 숙인 가을이
기도(祈禱)처럼 거기 서 있다.

남한강 마밭

손원우

시시로,

세상이 어두울 때면
남한강녘에
마밭이 짙푸르게 열린다
넘실거리는 하늘의 기운
눈부시게 머리에 앉아
마의 몸을 타고
발아래 땅의 정기를 향해
온몸의 말초세포까지
더할 나위 없이
깊이깊이 내려앉는다

혼자이면 하늬바람에도
흔들리는 가여운 마이지만
여럿이 손을 잡고
땅의 민의를 받들어
머리에 촛불 하나씩 밝히면
그 민의는 허공의 심층부를 향해
어두운 밤하늘을 일갈하는
섬광을 손에 쥔 천둥소리로
온 누리를 울리고도 남을
민의의 소리로

만천하에 울리리라

물 박물관

손현숙

여기를 한 바퀴 도는 일은
물의 궤도를 따라나서는 거다
물은 푸른빛이었다가 회색
때로는 깜깜해서 걸음조차 비틀린다
물이 물속으로 뛰어들었다
입방체의 지붕을 타원형으로 도려내서
사각의 바닥 위에 제 몸을 끌러놓았다
한 발짝 걸음을 뗄 때마다
하늘은 물 위에 몸을 포갠다
쉬지 않고 흘러서 그 발목에 걸려
넘어지는 파문, 물의 죄 고스란하다
누가 뒷덜미를 잡아챌까
까치발로 뛰어내렸던 순간은 지나갔다
아무도 뒤돌아다보지 않는 지금,
물은 옹이처럼 돌확에 앉아
마디 풀어 무릎 적신다
물결소리 곰곰 귀에 담는 중
물은 흘러가는 물의 속도를 기억한다

가을 장미

송가영

가을바람을 유혹하는 붉은색 장미
가시만 남은 앙상한 가지에 피어있다
푸른 허공에서 흔들리는 모습이 가냘프다
가물가물 흔들리는 그 모습에 담겨있는
폐경기 아내 마지막 달거리인 양 애처롭다

아내를 손짓으로 불러본다
장미의 붉은 몸짓에 화들짝 놀라는
아내의 눈시울이 갑자기 촉촉하다
젊은 날 송이송이 흐드러진 장밋빛 기억
양 볼을 붉히며 수줍어한다

장미깃발 흔들리는 궁전에 올라
한 이레쯤 더 여왕으로 살고픈 꿈일까?
지난날 다 쏟아내지 못한 농염한 핏빛
뜨거운 열정이 눈빛 속에 젖어간다

가을 장미 한 송이를 안겨주자
수줍어하는 아내가 장미보다 더 붉다
하늘궁전이 가슴에서 발돋움질을 해댄다

백지 2

송시월

노오란 가사를 걸친 천태산 은행나무가 나를 받아쓰고 있다
영국사 대웅전 앞에서 '가을'이란 페이지를 펼쳐놓고
고개를 끄덕거리다가 갸웃거리다 하는 나를 수수천의 손들이
팔락거리며 허공에다 상형의 소문자로 빽빽하게 쓰고 또 쓴다
띄어쓰기나 행갈이도 없이 몇 번을 덮어씌우기 하다가
중앙에다 눈 코 입 귀 구멍을 내고 구멍만큼의 하늘을 넣는다
색즉시공(色卽是空) 공즉시색(空卽是色) 하늘이 새울음을 운다
내가 기지개를 켜자 우우우 일어서며 대문자로 내 팔을 받아쓰고
키를 받아쓴다
천 년의 나이만큼 키가 커지고 몸통이 커진 나
바람에 흔들리자 문자들이 뒤집히며 일그러져 날려간
백지

내가 나를 읽을 수가 없다

산사(山寺)

송정근

뻐꾸기
뻐꾹 뻐꾹
화음 간 맞추며

쓰르라미 한나절
떼쟁이처럼 실컷 울러대더니

서녘으로 해는 기울고
무엇이 부끄러워서인가
살포시 가려진 얼굴 내미는 조각달

마중 나온 소쩍새는
숫쩍 숫쩍
오늘 밤 또 울어댄다

얼마나 더 울어야 하는지
울음의 그 끝은 어디인지

산사의 풍경(風磬)소리
밤 지새우는 목탁소리

솔바람 잠재우며
서산에 조각달 기운다

지구에는 별 다른 게 없어

송 진

외계인이 빨간 승용차를 바라보고 있다
인간의 승용차 위에 인간적인 비가 쏟아지고 있었으므로

외계인의 입안이 헐었으므로
인간은 뜨거운 라면의 몸이 식기를 기다려야 했다

'외계인이 떠났으므로 인간은 단호박샌드위치로 충분히 행복했다'

외계인은 하얀 테이블 위 송진 시집 제목을 바라본다
삼영라면이 식었기에 하얀 테이블은 떠나야 한다고 말한다

라면으로 식사하던 소떼들이
음—머— 꽃목걸이를 목에 두르고 훌라춤을 추었다

하얀 테이블은 하얀 변기를 껴안고 활짝 핀 변기꽃 속으로 들어갔다

라면으로 식사하던 소떼들은 빨간 승용차를 바라본다
노란 눈이 소복소복 내리고 있었다
외계인은 가고
인간도 가고
소떼가 떠난다

별 다른 게 없어
생방송 리포트의 말이 빨간 철쭉 입술에 떨어진 봄비처럼 새어나왔다

가을에

송태순

무더위 시름 끝에 가을 병(病) 앓게 되면
삶과 죽음 부질없어 순리대로 살아야지
퀭한 눈 치켜 올려서 멀리 나는 새 됩니다

산과 들 바람까지 생채기로 남는다
노오란 은행잎이 바람에 흔들리면
은행알 사리가 되어 가슴속에 남습니다

백치처럼 단단하던 멍울로 남은 번뇌
모두 다 내려놓고 뒤돌아 본 지난날들
잘 익어 고개 숙이는 알곡으로 살고 싶다

갈대

신경림

언제부턴가 갈대는 속으로
조용히 울고 있었다.
그런 어느 밤이었을 것이다. 갈대는
그의 온몸이 흔들리고 있는 것을 알았다.

바람도 달빛도 아닌 것.
갈대는 저를 흔드는 것이 제 조용한 울음인 것을
까맣게 몰랐다.
—산다는 것은 속으로 이렇게
조용히 울고 있는 것이란 것을
그는 몰랐다.

틈
—엇박자, 걸음에 대한 변명

신순말

나뭇가지가 길을 낼 때는
최선을 선택한다
위로 더 위로가 아니다
앞으로 더 앞으로가 아니다
조금 비스듬히
약간은 어긋나게
뻗는 힘을 안으로
살짝 당기는 거다
그때에,
새로 나올 가지가
발 디딜 수 있는 틈 하나
하늘에 생겨난다

회초리소리

신정민

옛날 엄마한테
회초리로 맞는 소리
그 소리처럼 앙칼진 소리
밤새 잠 못 들게 한다
따뜻한 이부자리 속에서 듣는
내 몸 휘감는 매서운 바람소리
두고 온 엄마 잊기나 할까 봐
뒷문 밖 앙상한 나뭇가지
깨어나 부딪히는 소리
엄마는 차가운 땅속
깊은 잠 들었는데
아직도 나를 꾸짖는 소리

구름은 경계가 없다

신형주

잔디 위에 누워 하늘을 보며
발가락들 꼿꼿이 세워본다

구름 그림자가 내 몸을 스캔한다

느린 듯 빠른 구름
뚫어지게 보고 있으면 움직임이 거의 없는 것 같고
딴 생각을 하다 보면 어느새 놓쳐버리는 구름

코끼리가 되기도 하고 아기 얼굴이 되기도 하는
구름은 경계가 없다

한자리에 머물지 않으며
상(像)이 없기 때문일 것이다

아상(我相)으로 똘똘 뭉친 사람은 경계가 너무 뚜렷하다는
어느 노스님의 설법을 떠올리며
몸을 뒤. 집. 는. 다

가재미처럼 땅 위에 달라붙어
멀뚱멀뚱 눈을 굴려본다

등 위로 강한 빛줄기가 쏟아져 내린다

친자확인서

심연자

온몸 가득 세포를 움직이는 동맥과 정맥이
천태산 은행나무의 형질과 99.9퍼센트 일치함으로
생명학적 친자관계임을 증명하는 근거로 제공한다.

출생에 대한 길고 넓은 의문을 종식시키듯
모목(母木)의 발뒤꿈치를 닮은 아름드리 은행나무가
의뢰인 A의 몸을 도도하게 흐르고 있다.

천태산과 나비

심인숙

뱅 뱅, 한 마리 나비가 난다

사랑한다
꽃구경 한번 가자
아니다, 괜찮다는 말조차
살림처럼 아끼던 어머니

중환자실 달 베개에 혼자 노닐다

―끊으마!
―응!
수화기 속으로 사라지던
여느 때의 안부처럼

층층 쌓아올린 시간의 숲,
커다란 은행나무 품속으로
흰나비 한 마리 날아오른다

공양

안도현

싸리꽃을 애무하는 산(山)벌의 날갯짓소리 일곱 근

몰래 숨어 퍼뜨리는 칡꽃 향기 육십 평

꽃잎 열기 이틀 전 백도라지 줄기의 슬픈 미동(微動) 두 치 반

외딴집 양철지붕을 두드리는 소낙비의 오랏줄 칠만구천 발

한 차례 숨죽였다가 다시 우는 매미 울음 서른 되

달맞이꽃

안원찬

이른 아침 안개 자욱한 뜰에
노랑나비 몇 마리
달맞이 이파리에 살갑게 붙어있었다
곰곰 들여다보니
간밤에 갓 태어난 꽃들이었다
투명한 빛깔에 꽃의 얼이 얼비치었다
저 여린 얼이 아니었다면
내 여름의 뜰은 더욱 빈한했을 것이다
어느 날 꽃들은 앙상한 줄기에
딸랑 씨만 남긴 채 자취를 감추었다
마지막 꽃대를 흔들어주었다
한 걸음 한 걸음 시나브로 다가온 늦가을
내 속뜰까지 파고들었다

비는 지금 묵음기도 중

안차애

투명한 소리를 부른다
하늘과 땅을 맨몸으로 두드리는 오랜 기척을 부른다
젖은 음표의 이음줄을 따라 들어설 듯한 낯익은 음성을
파초처럼 커진 귀가 내내 서성이며 기다린다

레인스틱은 사막 선인장의 굵은 가지를 공명통으로 쓴다
나무 선인장 몸통을 말리고 비워
조개 부스러기와 사막 모래를 쓸어 넣듯
소리의 마른 지문으로 둥근 음표의 기억을 불러들인다
선인장 몸통 안으로 돋아난 촘촘한 가시들이
통통거리는 스타카토 방점들을 레가토 주법으로 길게 늘여놓는다

오래 가물어 제 몸통을 하얗게 비워본 것들만 큰물소리를 품을 수 있는 법
마른 가슴이라야 소리의 기억을 되돌이표로 자욱하게 피워내는 법
제 속으로 제 울음을 삼켰던 소리통이라야
외로운 이의 금간 가슴에 스민다

먼 빗소리는
울림통을 건너는 사이, 캄캄한 투명이거나
마침내 출렁이는 득음이다
젖은 입술이 가만히 쓸어안는 묵음기도다

담쟁이

양동률

햇빛의 방향으로 가는 길을 두고
고개를 돌려놓은 순간 식어가는 체온이
내 등줄기를 타고 기어오른다.
햇빛이 연한 줄기에 내리 꽂히면
마른기침을 하며 올곧게 절벽을 향하여
손짓하는 여리디여린 담쟁이의 순한 생명
멀리 멀리 숙명처럼 끊임없이 뻗어나간다.
가끔은 말려지는 줄기들을 추스르며
하늘 향해 저 먼 곳으로 걸어간다.
도공이 혼을 담은들 저처럼 연녹색 줄기
만들어낼 수 있을까 잎을 펄럭이며
한 뼘 한 뼘 위로만 오르고 또 오른다.
아~ 눈이 뜨겁다. 내 몸의 촉수들이 솟는다.
인간사 삶이라는 것이 저와 같아서
무너져내릴 듯한 담벼락을 감싸며
순간순간 기어오르는 담쟁이 같은 것.

참 유식한 중생

양문규

밤새 천년 은행나무가 노오랗다

툭, 툭, 툭 흔들리는 바람을 타고 은행이 떨어진다

삼신바위 날다람쥐 삼단폭포를 기어올라 은행나무로 가는 길

쇠말뚝 타고 흐르다 그만 미끄러져 가시철망에 피 흘린다

망탑봉 박새 한숨에 다랑이논 지나 은행나무에 닿으려 하지만

장대 그물망에 걸려 퍼득거린다

어느 구멍으로 들어왔는지 검은 차광막에 걸려 넘어진 남고개 고라니

누가 천년 은행나무 옥살이를 시키나 주절주절하는 사이

은행(銀杏)이 은행(銀行)인 것도 모르는 무식한 놈들이라며

소유경(所有經) 썰(說)하는 천태산 부리부리(不二不二) 너구리

낼모레면 상강 지나 벼랑길인데

은행똥보다 더 독한 구린내 풍기는 참 유식한 중생

은행나무집 가사도우미

양수덕

당신의 집은 가을에 열립니다
황금의 사원이라든가 노란 별들이 소용돌이치는 제국이라는
말 속으로 들어가지 못했던 내가
오늘은 하얀 머릿수건에 앞치마를 두르고 방문합니다

그동안 내가 날려보냈던 먼지들이 우글거리며 병소를 만든 당신 집에서
늘어진 거미줄을 털어내고 빗자루질을 합니다
당신 집이 뽀득뽀득 반길 때
깊은 계절의 유리면으로 창들이 끼워집니다

생각만으로 느낌이 찬다는
천상의 식탁을 마지막으로 닦습니다
그 위에 빈 그릇을 올리고
내가 기르던 유니콘을 하늘 지붕 너머로 돌려보냅니다

가을 깊어 유쾌하게 비워지는 당신의 집에서
하얀 머릿수건과 앞치마가 공손합니다

은행나무집 가사도우미

달맞이꽃

양지예

한낮의, 무제한 방출되는
땡볕 아래 온몸으로 서서
눈 감고 삼매에 들더니

어스름 저녁이 밀려와
열린 창틈으로 은은한
달빛 습격이 시작되면

밤보다 더 깊은
속을, 떠돌던 네 안의 안개집은
몽우리져 일어서는
밤의 정령

스르르 문 열고 나와
눈 맞추었던 이슬 데리고
길을 나선다

고사리

양효숙

지리산에
고사리 뿌리 메다놓고
한 사흘 앓았을 게다
고사리밭 만들어
제 뿌리 내리겠다고

서울역에
이불 보따리 메다놓고
한 사흘 앓았을 게다
글밭 만들어
제 뿌리 내리겠다고

글밭에서
고사리가
뻗
친
다

물길
—보(洑) 이야기 6

염창권

젖을 말렸던 여자의 몸에서
다시 물기가 돌았다
봇보랑을 따라온 물길을 붙들고
들판이 꿀떡꿀떡 젖 넘기는 소리를 낸다
쥘부채 펼치듯
겨드랑이 아래로 유선이 흐른다
논둑길이 탱탱하게 힘을 받는다

젖가리개를 풀어버린 앞산이 봉긋 솟아오르자
꽃들이 그만 넋을 놓는다
꽃잎 지면서
생명은 한바탕 울음 잔치를 한다

아프게 열매 돋아내는 몸들,

탯줄 달린 강이 바다에 닿고 있다

유감

오세승

책을 읽다가 눈이 피로해지면

그래도 점잖게 피로한데

텔레비전 보다가 피로해지면

환장하게 눈이 따갑구나

전자시대의 경망스러움은 어쩔 수 없는 듯

별 밭

오세영

소만(小滿) 되어
견우(牽牛)의 무논에는 물이 가득
찰랑거린다.

개굴개굴

어디선가 한 놈이 울자
와글와글 저글저글
일순 온 밤 하늘을 명멸하는
맹꽁이떼
울음소리.

한계령을 넘으며

오영자

온몸에 한기를 느끼며
그 몸의 발열이 시작되었다.
태양을 가슴에 품은 몸은
그 뜨거운 열기를 온몸으로 뿜어내고 있다.
저 발끝에서부터 차오르는 차가움
제 몸의 붉은 열을 이마에 이고
설렁이는 몸만 바람에 흔들릴 뿐
파르르 떨지 않는다.
온 산이 누웠다.
어둠의 빛도 모두 누워 허리를 기댄다.
먼 곳에서부터 실려온 채우지 못한 빈약한 바람은
또다시 어딘가를 향하여 가고 있다.
내가 실려가는 것이다.
채 넘어오지 않은 산의 굴복에
모두가 마음을 내세운다.
구불구불 나무가 길을 따라 돌아눕기 시작한다.
공허한 마음에 빛을 찾아가고 있는 것이다.
거부할 수 없는 제 몸의 힘을
빛으로 발하며 온몸이 넘어간다.
한계령이 내 뒤로 넘어가고 있다.

천태산 은행나무님

오하룡

다시 비오니
저 북쪽 지도층 영문 모르고
걸려든 최면에서 이젠 풀어주소서

장난치고는 지나친 장난임에
미련한 최면술사 스스로도
저 난망한 술수에서
이제는 헤어나게 하소서

그리하여
사람이 사람으로 보이게 하소서
다시 비오니

은행나무

오현희

오래전
친정아버지가 심은
은행나무 한 그루.

육십여 년을 한울타리에서
무성한 가지를 뻗어
노오란 잎과 종 같은 열매를 매달고
하늘의 소리 울려대던 날도
아버지처럼
살갑게
나를 내려다본다.

짧아지는 삶
쥐었다 폈다를 반복.
셀 수 없는 날들 되돌려보며
노오란, 은행나무 우듬지에
눈길을 둔다.

마음 자락 사이
오랜 추억들이
뇌리에 은행잎처럼 펄럭인다.

수평투영도

우종태

벽 없는 방, 구름이 내려와 몸을 씻는다
고요히 머무는 물 밑바닥은 투명하다
햇살이 찰방찰방 몸을 담근다, 그때마다
갓 부화한 올챙이들이 가랑잎에
깨알같이 달라붙어 입맛을 다시고 있다
어제 죽은 동료의 배를 까뒤집고
장송곡 하나 없이 떼거지로 물어뜯기도 한다

언젠가 나도 물어뜯긴 적이 있다
그런 날은 딱딱한 하늘은
웅덩이 정수리까지 내려와 눈을 뿌렸다
굶주림은 언제나 처절한 불문율, 빨판처럼
죽은 몸에 달라붙던 올챙이들이
속새뿌리 틈 속에 들어가 잠들기도 한다
이제 물밑은 마른 잎맥으로 질펀하다
소금쟁이가 구름 사이를 넘나드는
수면은 물결무늬로 종일 흔들린다
그때마다 힙합을 추는 올챙이들
수면에 물결무늬 과녁을 만들기도 한다

웅덩이에 뜬 별이 등불 켜는 밤
계절이 바뀔 때마다 물거울은
구름을 담고 달빛과 고추잠자리를 담는다
모두 익숙하지만 새로운 풍경 속

꼬리를 버리고 마침내 개구리가 되는 날
모산(母山)으로 돌아가기 위한 마지막 밤
속새뿌리는 저들의 요람 나뭇잎바지선이다
별무늬 반짝거리는 웅덩이 속으로
달이 풍덩 빠져서 새벽까지 몸을 씻고 있다

은행나무

원태경

수천 수십만 개의 노란 손수건을 마당에 내건
그 집 앞에 가만히 서서
빠꼼 문을 열고 들여다본다
스르륵 열리는 바람의 문 너머
쉴 새 없이 나부끼는 샛노란 빛 물결 속에
흰 옷을 입은 한 사람이 우두커니
나무처럼 서 있다
오래전 내가 그 집 떠나올 때의
그 모습 그대로
흐트러지지도 않고 서 있다
누구인가, 저토록,
간절한 눈빛으로 문 밖을 바라보며
나를 기다리는 저 이는

길인당(吉印堂)

위상진

도장을 판다

조각칼에 길든 목질(木質)의 하루가
좁아지는 창에 못 박히다가
그림자를 떨구며 사라지는
이름들의 행운을 새긴다

흐려지는 돋보기 너머로
구속의 자유를 누리며
손톱 모양의 금을 긋는다

자유의 잉여분이 잘린 시간
바뀌고 바뀌다가 바로 서는 풀
판화(版畵)로 찍힌 음각(陰刻)의 실핏줄이
박동하는 삶의 피돌기를 시작한다

한 평 반 공간을 달팽이처럼 쓰고 살아도
삐걱이는 세월에 낙엽처럼 쌓여가는
알 전등의 눈빛 같은 이름들
흐트러진 머리카락 사이사이
열린 하늘 우러르는 버릇으로 산다

투박한 손끝 스쳐간 얼굴들
어느 하늘 아래 나래 접고 있을까

지난밤에도
목판화로 살지 못한 꿈들이 찾아와
옹이 박힌 굳은살
쓸쓸한 톱밥으로 떨어지다가
절뚝이며 돌아보는 황혼의 애상

허리 굽은 초저녁달이
달팽이집 밖으로 걸어 나온다

단풍나무 기타

유미애

내 혀가 팔색조보다 다채롭고 리드미컬 하나
내 귀가 티티카카, 호수보다 깊고 은밀하다고 하나
이 두 눈이
거룩하여 명주실보다 섬세하다고는 하나
꽁꽁 묶인 채 머릿속에 갇혀있으므로
나는 매일 밤 눈 속의 실을 뽑아 거푸집을 짓는다
내 뼈가 장미나무보다 단단하고 그윽하기는 하나
내 피가 노루보다 뜨겁고 붉다고는 하나
유랑의 봄과 일몰의 언덕을 잊고 벽장 속에 누워있으므로
나는 때때로 변두리 여가수의 배꼽을 빌어
잃어버린 숲의 바람이나 배고픈 노루 피를 풀어놓는 것이나
노루 피가 키운 아네모네
그녀의 심장소리에 맞춰 춤추는
야성의 발가락과 자줏빛 손톱을 길들여온 것이나
동전 몇 닢에 뎅그렁뎅그렁 나의 별과 자유를 잃고
그대 수줍은 볼우물을 눈물로 메우고 떠나왔거니
나는 유배지의 연금술사
주저앉은 어깨를 열어
노루발의 그리운 피 냄새를 떠올려보는 것이나
꿈꾸는 다락방, 잊혀진 나의 별엔
초록의 입술 자국과 네 쩍쩍이는 웃음소리마저 지워졌거니

꽃의 자유

유성임

가이드가 말한다
저 꽃은 하얀 꽃, 빨강 꽃, 저 나무는 초록 나무
지천에 핀 꽃 이름 다 알지 못해 그저 하얀 빨강 초록이다

나도 무명의 꽃
살아가며 열심히 기억하던 것마저 다 잊어버리고
세상에 섞여 초록이나 보라로 살고 있다

굳이 꽃이 피고 지는 것을 모른다 해도
꽃들은 조금도 서럽지 않다
그 빈자리는 주목받지 않아서 오히려 편하다
자유로운 마음들이 지금 들판에 지천이다

차창으로 이름 모를 나무와 꽃들이 스쳐간다

송사리떼 백일장

유순예

자체가 붓꼬리와 유사한
저 양반들,
고만고만한 몸들이 어울려
백일장을 치르고 있다.
이리 획,
저리 획,
거침없이 저술하는
개울원고지가 딸꾹질을 한다.

큰물에는 절대 끼지 않는
저 양반들,
고만고만한 몸들이 창작한
시서(詩書)가 우열의 법칙을 깨고 있다.
네 것이 내 것,
내 것이 네 것,
산그늘심사위원이 덮어쓰고 있다.
붓꼬리들의 뒤풀이가 화기애애하다.

산에 사니 산이요

유승도

등성이의 털을 곧추세운 산들이 맥을 일으켜 달리는 12월,
바람 일어 눈과 햇살이 흩날리는 문 밖으로 나선다

가자, 나도 산이다

초록 노래

유안나

숲이 밝아온다
숲이 기지개를 켠다
숲의 정령들이 바삐 새 옷을 만들고 있다
칡넝쿨은 측백나무 쪽으로 걸어가 옹이를 어루만져준다

내 등줄기를 물었던 짐승이
머리를 꼿꼿이 세우고 다시 내 쪽으로 이빨을 드러낸다
이번엔 내가 먼저 독기를 모아 보낸다
화살처럼 날아간 햇살에
짐승의 눈이 먼다

이제는 소름의 시간을 걷어내야 하리
비탈에 서 있는 나무들
뿌리에 감겨있는 냉기를 풀어내고
그 얼음 조각으로
가장 날카로운 이빨을 가두리

그러면 숲이 노래할까
햇빛이 드러날까
나비가 새가 드러날까
만화방창 두근거리는 시간이 드러날까
연두는 초록이 되고 꽃을 피우고 열매를 맺을까
숲 속에 초록 노래 가득하고 열매는 가지가 휘어지도록 영글어갈까

밥해주러 간다

유안진

적신호로 바뀐 건널목을 허둥지둥 건너는 할머니
섰던 차량들 빵빵대며 지나가고
놀라 넘어진 할머니에게
성급한 하나가 목청껏 야단친다

나도 시방 중요한 일 땜에 급한 거여
주저앉은 채 당당한 할머니에게
할머니가 뭔 중요한 일 있느냐는 더 큰 목청에

취직 못한 막내 눔 밥해주는 거
자슥 밥 먹이는 일보다 더 중요한 게 뭐여?
구경꾼들 표정 엄숙해진다

찔레꽃

유재호

길을 걷다가
시골집이 보이는 둔덕길을 걷다가
한 무리 꽃을 만난다
아카시아 꽃그늘
그 아래 무리 지어 흐드러진
찔레꽃
햇살 눈부신 오월 어느 날
새하얀 교복을 다려 입은
열여섯 그 아이
접은 편지 한 장 건네주고
붉은 볼을 감추며 달아나던
찔레꽃 향이 흐르는 기억 속의 둔덕길이
아지랑이처럼 아물거린다
사는 동안 그 아이
다시 만날 수 있을까 하는 생각에 젖는데
옆에 선 열여섯 딸애의
씨익 웃는 하얀 이 사이로
반짝
봄볕 한 장이 미끄러진다

연리지

유준화

당신이 쳐놓은 그물에 내가 걸렸어요
이 모든 그물에서 빠져나가는 것은
해탈의 경지에 이르러서야 가능한 일이겠지만
내가 쳐놓은 그물에 당신도 걸려들었음을 알고
그물이 운명이었다는 것을 알았답니다

산수유

유현숙

골목 끝에는 둘러 선, 겨울옷이 허름한 장꾼들이
도박 윷판 밑에 지전(紙錢)을 질러 넣는다

영등 바람이 장바닥을 쓸고
남자들은 발부리에 와 걸리는 막걸리 빈 통을 걷어차며 윷가락을 집어든
다
손매가 거칠고 단순하다

산(散), 한가운데 고요히 앉아 잡념을 던지고 있던 노승이
먹고무신을 미처 꿰신지도 못하고 맨발로 뛰어나와 반기더라는,

사람에 대한 그리움이 손톱 끝에 산수유처럼 피어나는
사대부중의 저녁이다
모든 내가 당신의 첫 꽃이다

은행나무의 꿈

윤상선

시원스런 도심 거리의 은행나무는
가을 햇빛에 유난히 노랗게 반짝인다
가끔씩 살랑거림을 시샘하는 바람결
갓난아이 맑은 손처럼 예쁜 은행잎들이
나비처럼 거리에 쏟아져 날아다닌다
거리엔 순식간에 황금 물결을 이룬다
누렇게 익어가는 황금 들녘 풍경이다
은행나무는 노랑목소리로 울부짖는다
모두가 넉넉한 황금색 거리로 바꾼다
도시의 사람들이 황금색 거리에서
정다운 사람과 정다운 이웃을 만나
이야기를 나누며 수초처럼 물결친다
막걸리 한 사발이라도 기울일라치면
은행나무는 노란 불빛 가로등이 되어
어두운 골목을 환히 밝히고 서 있다

물속의 집

윤수하

나는 보았네, 갇힌 그 속에
때 묻은 옷가지와 저금통장과
마시던 커피 잔이 그대로 정체되어있는 것을
우주 한가운데 버려진 것처럼
시간과 공간이 정지된 자리
바람 한 점 없이

부서지고 삭혀지고
세월과 함께 풍화되지 못하고
입었던 들여다보던 대었던 흔적이
흔적의 형체가 그대로 남아
바라보는 내 마음이여

칠불암

윤임수

경주 남산 칠불암
바위에 들어앉아 계신 부처님 일곱 분
지금은 저리 새치름하니 모른 척하고 있지만
막상 우리가 떠나고 나면
자기들끼리 가만 속삭일지도 몰라
낮의 그 사람들은 잘 내려갔을까
부드러운 미소 한 줌이라도 담아갔을까
서로 따사로운 눈빛 잘 건네고 있을까
가끔 옷깃을 다시 여미며
은밀하게 눈빛 나눌지도 몰라

그것 참 궁금하여
초닷새 달빛으로 가만 바위에 내려앉고 싶네

무덤 앞에서

윤중목

잔솔나무 빼곡한 산 아래터
양지바른 자리는 용케 잡았소.
구색은 갖췄네 봉분 앞자락에
매끔한 흰 비석도 하나 세웠소.

논밭갈이 자식갈이에 일평생
등날 퍼런 농투성이 장삼이사(張三李四)로
이름 석 자 흙속에 묻고 살더니
죽어서야 몸뚱이도 땅에 묻었소.

이생 등진 관속에도 세월은 슬어
베옷 동인 육골은 이미 썩고 삭고,
철 따라 무덤가에 들꽃 향기 그윽해도
고향 떠난 자손들 낫질 끊긴 지 오래.

바람 불어 뗏장이 어질러진 밤이면
뒷산 칡넝쿨 사납게 얼크러졌소.

빈논

윤현순

주인의 안부가 없는 빈논에는
바람의 궁금증이 수런수런하다

번듯한 주소의 논밭들은
초록의 심줄로 풍년을 예고했는데

기척이 없는 수척한 논 하나
메마른 가슴으로 누워있다

뼈를 녹여 쌀을 받아내던
누대의 목숨자리

온기가 없는 빈논은
가을로 가는 길을 모른다

죽순(竹筍)

이강산

비가 그쳤다.

계룡산 기슭에서 아내가 나어린 죽순을 캐왔다.
애송이들 품고 오느라 작은 젖이 다 젖었다.

젖은 젖은 아랑곳없이 껍질 벗기자 껍질뿐이다.
껍질 쓸어 담는 아내의 손가락이 댓가지를 닮았다.

나는 숨죽여 무릎을 쳤다.

아내는 비가 마른 지 오래되었고 죽순은 비가 막 그쳤을 뿐이었다.

살구나무 장롱

이경림

아버지, 살구씨 하나를 뜰에 심었는데 왜
귀를 쫑긋 세우고 두 장의 떡잎이 나오나요
그 속에 무슨 손이 녹두 싹 같은 것 터트려
허공으로, 허공으로 치솟게 하나요
햇살 속으로 이슬 속으로 소나기 속으로 막 달아나게 하나요
문득 비 그친 후, 노란 김 피워 올리며
아기 살구 몇 매달게 하나요
떡잎에서 살구까지 몇 리나 되는지 나는 몰라요
막 달아남의 끝에는 무엇이 있는지 나는 몰라요
거기 가면 온전히 살구나무인 살구나무가 있을 것도 같아
막 달아나는 저 살구나무의 속도를 흉내도 내보지만
끝내 그건 살구나무 아니면 아무도 모르는 살구나무 장롱 속의 일

폭양이 황금빛 살구들을 떼로 몰고 오는 저녁이예요 아버지
장지문을 열면, 신내를 확 풍기며 달려드는
미친년 같은 살구나무 한 그루가
꼭 살구나무만한 그림자에 싸여 흔들리는데요
자꾸 왜냐고 물으면
그 또한 꼭 살구씨 한 알만한
장롱 속의 일 아니겠느냐고

사랑이

이다경

아침부터 껌딱지같이 하루종일 집에 붙어있다
"세대차가 들어왔습니다" 멘트가 나오고
뚜뚜뚜뚜 찰칵 '아들 안녕'
두 손 두 발이 춤을 추자 심장이 멎을 듯 반갑다

목걸이를 하고 쫄랑쫄랑 꼬리를 치며 집을 나선다
찰리를 만나는 운 좋은 날도 더러는 있다
묵묵히 내 주위만 맴돌지만 마음은 하늘이다

똥 보듯, 마귀를 보듯 피하는 사람
나도 싫어 딴청부리며 외면한다
아가를 만지듯 사랑스레 쓰다듬는 사람
보답으로 핥아주고 안기면서 아양을 떤다

산책을 할 때마다 신기해서 쿵쿵댄다
처음엔 느리다며 앙칼지게 야단치더니
이제는 나와의 시간만을 기다려준다
오히려 더 빠르다는 것을 보여주었으니

가을 풍경

이덕주

은빛 갈대 우는 소리
고갯마루 넘나들고
은행잎이 물드는 천태산에 이르면
천 년이 박재된 아름드리나무는 노란 신비 품고 있다

초가집 낮은 지붕
저녁 연기 피어날 때
수줍은 박넝쿨이 살며시 고개 들어
노을빛 붙들고 앉아 흰 꽃 하나 피워낸다

배부른 만삭된 달
어스름 지워가고
길 떠난 철새 둥지에 그리움 피어나면
서리 친 환생 갈빛은 어이 저리 고운지

루치아 할머니의 무위농원

이 명

아흔세 살 루치아 할머니의 활동반경은 점점 줄어 툇마루 정도다

30평 남짓한 마당이 풀들로 가득하다

언제부턴가 바람이 씨앗을 날라다 뿌리고 구름이 물을 주고 있다

할머니 눈길이 풀의 몸을 속속들이 어루만져줄 때 풀은 비로소 꽃을 피운다

깊어가는 풀숲 한구석에 갓 피어난 금낭화

치마 속주머니 같은 흰 꽃들

이제 고요가 주머니 속을 가지런히 채우고 있다

무당벌레 한 마리 툇마루를 오른다

간밤에 별이 다녀간 자리마다 맺힌 투명하고 해맑은 것들로 공궤를 하고 있다

풀잎이며 꽃잎이며 열매들은 더 이상 소리 지르지 않는다

어떤 법문도 들려오지 않는다

가벼운 아침이다

능소화

이미경

뻗쳐오르던 내 보람 서운케 무너졌느니*

며칠 동안 내리는 장맛비로
능소화 송이송이 바닥에 누웠다
줄기를 감아올린 전봇대
하염없이 젖고 있다

팔십삼 년 피고 지고 피고 지던
빈 몸만 남은 어머니, 쓰러져
와불처럼 누운 스무 해
맑디맑은 마음만 남아
그녀 선한 눈 속으로
하염없이 비가 내린다

지고 말면 그뿐,*

* 김영랑의 「모란이 피기까지는」 중에서

감잎 위에 떨어진 빗방울은

이범철

감잎 위에 떨어진 빗방울은
오늘 감잎을 씻고
뽕잎 위로 떨어진 빗방울
오늘 뽕잎을 씻고
탱탱하게 굵어가는 저기 애기 감은
애기 빗방울로 씻었을 것이네

마당으로 지는 빗줄기
접시를 하나씩 받쳐가며
감잎 씻은 빗소리만 담아내다가, 소란스럽게
이 접시 저쪽 접시를 다 지워가면서 누구를 기다리나

빗소리에 빗소리가 겹겹이
쟁쟁거리는데
오후 감잎은 잎사귀의 귀를 열어
이 비(雨)를 다 듣고 있었네

은행나무 수천 잎새에도
제 몸 달랑대는 은행알들
하루 치만큼 도톰해진 이마를
식히고 있네

등나무

이보숙

똑바로 서면 누가 뭐래나
온몸을 비틀어 덩굴 올리는 그 심사
알 수가 없네
겨우내 보랏빛 물 길어 올리더니
삼백예순날 모아둔 염원을
긴 꽃타래로 엮어냈다

바느질로 온밤을 지새던 어머니의 구부린 등
별로 크지 않았던 그녀의 소원들,

따스한 어머니의 미소가 그리운 오후
등나무 그늘에 서면
해묵은 회색빛 등걸엔
또 하나의 나이테 살이 오르고
이마엔 주름살 깊게 패인다

물길의 시

이복희

반짝이거나 일렁이며
티끌은 바닥에 가라앉히고
보낼 것은 서둘러 흘려보낸다는 계곡에
나, 발을 담근다

숲의 터진 살을 꿰매고
허기진 소금쟁이의 발을 씻어주고
고민하다가도 또, 흐르는 게
물의 길 아니겠는가

어쩌다가 반짝임이 산천어 비늘에 닿으면
1억 5천만 킬로미터를 달려온 햇살에게
어깨 기댄 적도 있다고 으쓱대지만
그건 산천어 속내에 대한 오독

멈춤 없이 아래로 흐르는 물의 가족력
거슬러 오르는 나의 습성에
방랑벽으로 삐끗한 발목이 시리다

더하거나 뺌 없이 물결의 언어를 받아적은
바위 등판에 걸터앉아
족적의 모서리를 지우는 한낮이다

또 별 하나가

이상렬

초저녁
집 앞 언덕배기 채소밭 한 귀퉁이에
눈부시게 떠 있는 수선화

청초함 뒤에는
고독한 손길이 자리하고
그 따뜻함으로 우주에는
별이 하나 더 만들어지는가

작은 호미 밭고랑 일구어
우주의 푸른 은하수로 흐르고
저렇게 홀로 선 사랑이
빛나도록 아름다울 수 있다니

12월, 감나무

이상인

문득, 가던 걸음 멈추고
득득 뒤통수를 긁적이며 생각해보니
올해 내가 손에 쥔 건
대롱대롱
상처 같은 붉은 물집주머니
두어 개

천태산 은행나무 아래에서

이상호

소리에 젖는 것은 모두가 은행나무다
바람을 몰고 와서 흔들리는 은행나무
아뿔싸, 스치고 지난 것들 노란색에 젖었다

딛고 선 신발밑창 두께만큼 층층한
서리의 언어들이 가지에서 흘러나왔다
천년 속 짓눌러진 범종소리 나비되어 날아든다

야사로든 정사로든 내뱉은 전설들이
청동의 울림처럼 가슴속에 깔리는데
터벅한 발걸음소리가 생생하게 굳어간다

나무

이상훈

몰랐습니다.
앙상하게 견딘
메마른 겨울 위에
밤톨 같은 푸른 기운 하나 그렇게 일어설 줄을.

몰랐습니다.
처진 가지마다
돋아나는 은총이
그다지 감미로운 줄을.

이불 같은 녹색 그늘 아래
피곤한 영혼을 뉘고
살포시 눈을 감으면
나눌 게 없을 만큼
가난한 사람은 없어.

다만
겨울 감기로 여름까지 콜록이는 어깨가 몇몇
가난한 어깨를 들썩거릴 뿐.

체머리 흔드는 이유

이 선

매서운 삭풍에도 의연히 버티던
나뭇가지들이 마파람 움켜잡고
혼신을 다해 진저리친다
메마른 가지에 물을 퍼올리는가 싶더니
연둣빛 잎눈 톡톡 뱉어낸다
파르무레 온몸을 가린 이파리
그렇게 요동치지 않고서는
알몸을 감출 수 없었으므로
밤낮 없이 흔들어댄 모양이다
아직도 바로서지 못하는 건
더 가야 할 길이 있기 때문이다
발끝부터 머리끝까지
끊임없이 체머리 흔드는 자만이
색색의 면류관 쓸 터이니
회리바람 불어올지라도
더 깊이 흔들리며 뿌리 내려라

천태산 은행

이세진

아직 가보지 못했다, 천태산 은행
그러나 은행이란 말에 가슴 떨린다
흔한 카드 하나 없는 나는 은행 앞에 서면
통장, 도장, 비밀번호 익숙하지 못하다

천년 버티고 서
날리고 날려가는 황금빛
남루를 덮는 지상의 축전
그 길을 한가롭게 걷던 가난한 아내
몇 개의 은행알 주워
장롱 속에 숨기던 밤
비옥하지 않은 마음 밭에
천태산 은행 옮겨놓는다

산불

이숙이

시간이 가면 확 꺼져 버리겠지
그러나 제 몸속 깊은 불씨는 끌 수 없어
젖은 시간들을 식은 재처럼 끌어 덮었다 몸부림쳤다
세월이 간다고 끝난 것은 아니었다
생각지도 못한 돌개바람에 다시 빨려들면서
꺼졌던 성정이 벌떡 일어나
산과 계곡들을 다시 덮친다
어느 누가 저 적나라한 치정을 막을 수 있을까
눈 귀 다 멀고 까마득한 희열만 화염 속에서 뒹구는
잘못된 불장난

인근 사방에서 사람들이 달려오지 않았다면
공중에서 헬기가 물벼락을 퍼붓지 않았다면
그 연놈의 불륜이
풍비박산될 때까지 계속 불 싸질렀을 것이다

그늘은 신발이었다

이순주

나무는 일 년에 한번 신발을 갈아신는다
잎이 무성한 나무일수록 신발의 문수가 크다
신발을 신고 나무는 어디로 가고 있었을까
매년 그러하듯이
환희에서 우울이 끝나는 곳까지 걸어가
신발을 벗어 버린다
언젠가 나 기쁨의 반대말이기도 했던 때처럼
무작정 맨발로 걷다, 라는 말의 뜻은 아니다
새봄을 걷기 위해 기꺼이 바람의 뼈가 되어주는
벗다와 신다 사이 행간은
나무가 맨살인 발끝으로 가만히 구름을 만져보는 시간이다
매미들 울어대던 그늘은 모두 어디로 갔나,
나무의 발가락이 보인다
그늘을 키워온 나무,
그늘이 바삭바삭 걸어갔다
맨발인 나무에 기대어 나는
햇살에 비추인 나무의 발가락을 바라본다
나를 다녀간 신발들,
키워온 신발들이 걸어갔다
신발과 함께 사라진 날들
황홀히 꽃길을 걷는 신발의 연대기는 없나,
나는 그늘을 갈아신으며 여기까지 온 것이다

폴라리스

이순화

알츠하이머병을 앓고 있는 저 남자
피렌체거리에서 골목골목 뒤적거리고 있네

손가락을 젖혀보고 발가락을 펴보아도
길 위에 길은 막막하기만 하네

이른 봄날 보랏빛 제비꽃 꽃잎 속으로 들어가
잃어버린 길을 찾아 나서네

그때 어머니가 불러준 옛 노래
길 위에서 소렌토로를 부르며
겨드랑이가 가려워 어디쯤 풀씨라도 돋는지
살며시 배꼽 열어보네

견고한 어둠 열어젖히고
아르노 강가에서
저물도록 옛 노래를 부르네

사랑의 노래, 폴라리스를 노래 부르네

쭉정이길

이승진

아침에 일어나 콩밥을 안치는데
물 위로 떠올라 쪼르륵 도망가는 콩 한 알
손잡아보니 쭉정이다.

손안이 알싸하다.
너도 사느라고 힘들었구나.
가던 길 다시 가라며 쭉정이길에 살며시 놓는다.

한 떼의 쌀과 콩이
뜨거운 압력밥솥으로 출근하는 아침
터벅터벅 쭉정이길 홀로 가는
쭉정아! 쭉정아!

바람이 분다.
바람이 운다.

헤어스타일

이승하

절망이 얼마나 깊었기에
이곳에 와있는 것일까

수번으로 불리는 이들
같은 색깔의 옷

죄목도 형량도 다르지만
헤어스타일이 같다

샴푸 쓸 일이 없겠다
머리 빗을 일이 없겠다

저녁 산

이영란

어스름이 들었다
산은 하늘에서 떨어져나와
스스로에게 선을 그었다

저녁 산은 지상의 불빛을 품고 있다
하늘은 별빛을 품고 산 너머에 있다
우리도 때가 되면 알게 된다

지상의 아름다운 가족들
하늘 별똥으로
아버지가 내려오신다
어머니가 내려오신다

보낼 수 없는 편지처럼 검은 낙서
잊지 마라
잊어라
수묵화의 바위가 되었다
저녁 산은

한때

이영춘

남편은 부엌에서 마늘을 찧고
나는 거실에서 책을 읽고
베란다에선 앵무새가 제 짝을 부르는지 죽어라 울어대고
고요로운 햇살 두 볼을 만지작거리며
살곰살곰 거실로 발을 옮기는데
발길에 묻어오는 아침나절의 햇살 풍경
풍경 속에서 칼도마 두드리는 소리
참, 맛있다

마지막 밀어

이원규

솜털 보송보송한 그 소녀에게
삼십 년 지나도록 차마 못다 한 말
돌담길 앵두나무 아래 파묻은 고백이 있었다

늑대면 어떻고 도둑놈이면 어떻고
요즘 말로 물안개―물론 안돼 개새끼야 라면 또 어떠랴

한때는 부끄러웠던 고향의 탯말
경상북도 문경의 표준말로
죽기 전에 꼭 해주고픈 밀어가 있었다

이리 둔누봐여, 오빠를 그키 못 믿어여?

그대 떠난 빈자리에

이위발

바람이 불었다
그대가 초승달처럼 절정을 향해 치달릴 때
하늘은 그을린 솥단지 바닥처럼 시커멓고
구름장은 한 군데도 틈새가 없었다
사납게 일렁이는 나뭇잎들의 물결에
손금 같은 산봉우리들이 비에
파랗게 질린 채 서 있었다
봄날 벌레처럼 의식은 벅찬 감흥으로 차올라
목련나무 잎들은 하나의 욕망이고
기도이고 눈물이고 회한이었다
그대와 마주치는 신비한 순간
나뭇잎들도 물보라 되어
몰려오고 솟구치고 날아다녔다
눈물보다 더 비극적인 그대의 미소
어떻게 내 심장이 비둘기의 둥지일 수 있으며
어떻게 우리들의 편지들이 구구거리며
날갯짓을 한다고 생각할 수 있는지
안개는 엉긴 우유처럼
짙어지고 있는데

지구 아가씨

이은봉

지구는 약간 오른쪽으로 기울어져 있다
기울어진 채 오른쪽으로 돌고 있다

이웃집 새침때기 아가씨 같다
고개를 약간 오른쪽으로 기울인 채
구두굽소리를 높이며
새침새침 걷고 있는 이웃집 아가씨

오늘은 지구의 발걸음소리도
새침새침 들린다 약간 오른쪽으로

기울어져 있는 저 지구의 고개
왼쪽으로 좀 들어 올리면 안되나
좀 바로세우면 안되나
안될 것 없지 때가 되면 바로 세워지지

사람들 오른쪽으로 걷는 것도
자동차들 오른쪽으로 도는 것도

죄 지구 탓인가 약간 오른쪽으로
고개를 기울인 채
새침새침 오른쪽으로 걷고 있는
빨간 구두 저 지구 아가씨!

노란 연서

이재란

사랑의 메시지가 도착했다
묵은 그림자와 함께

기색 당당한 은행나무
사랑의 그림자 되어
천 년을 오르내리며
내 곁에 서 있는 그대

보름달 채우며 붉어진 천태산
지천에 널린 꽃물
내 사랑이 물든다

위대한 식사

이재무

산그늘 두꺼워지고 흙 묻은 연장들
허청에 함부로 널브러지고
마당가 매캐한 모깃불 피어오르는
다 늦은 저녁 멍석 위 밥상
식구들 말 없는, 분주한 수저질
뜨거운 우렁 된장 속으로 겁 없이
뛰어드는 밤새 울음,
물김치 속으로 비계처럼 둥둥
별 몇 점 떠 있고 냉수 사발 속으로
아, 새까맣게 몰려오는 풀벌레 울음
베어 문 풋고추의 독한,
까닭 모를 설움으로
능선처럼 불룩해진 배
트림 몇 번으로 꺼트리며 사립 나서면
태기봉 옆구리를 헉헉,
숨이 가쁜 듯 비틀대는
농주에 취한 달의 거친 숨소리
아, 그날의 위대했던 반찬들이여

은행나무가 사람에게 말을 걸다

이종암

천이백 살 먹은 유가사 시방루 앞
삼백 살쯤 된 은행나무 한 그루
우두커니 서서
시월에 후루루 파다다 춤춘다
하늘공책에 사경(寫經) 새기며

그 아래 사람들 시와 노래 잔치 열어
공양 올리니 은행나무 사람에게 말을 건다
황금빛 이파리 후루루, 후룩, 후룩
은행이 투두두 투둑, 툭, 툭
부처님 말씀처럼 내려온다

거기에 허공이 또 밑그림을 그린다
수만 평 노을 위 수백 마리 까마귀떼
불러 하늘을 접었다 펼쳤다 하며

수유리

이주언

뽕나무 한 그루가 오디를 내걸고 있다
아직도 저리 화안한 젖꼭지들!

풋풋한 젊은 엄마의 연보랏빛 젖꼭지
서서히 늙어가는 까만 젖꼭지
한꺼번에 깨문다

어린 나와 횟배 앓던 오빠가
한 꼭지씩 빨아먹던
수유리 골목엔 볕이 들지 않았다

보채는 입술 꺼멓게 묻은 식욕으로
가지를 힘껏 끌어당긴다
긴 세월 나를 키우던 밥숟가락 휘어진다

짜르르 주름진 오디를 보면
수유의 늪 속에서 허우적이던
엄마의 눈빛
알알이 박혀있다

그루터기 남기지 않는 꽃이 되어라

이주하

꽃은 처음부터 꽃이 아니랍니다
꽃은 꽃잎에서 온 잠깐의 호사랍니다

꽃이 꽃잎으로 떨어지는 날
꽃은 한 잎 두 잎 꽃잎으로 내려와 꽃잎으로 돌아갑니다

꽃이 꽃 된 것은 아름답게 피었기 때문이라지만
진정 꽃처럼 지는 것이 꽃이랍니다

너 꽃같이 살려면 꽃잎처럼 부서져야 하리니
너 꽃잎으로 나누어져 그루터기 남기지 않는 꽃이 되어라

동백꽃

이주희

도란거리는 소리에 잠을 깼더니
밤새 일곱 난쟁이들이
새 식구로 들어왔다

빨간 입술을 달싹이며
노란 목젖이 보이도록 낄낄대고
마냥 신바람이 났다

내가 물만 밥을 깨작깨작하면
계란을 부치고 김치를 꺼내 잡수시라고
아양을 떤다

종종걸음 치다 숨을 돌리면
알밤만한 손으로 부채질을 해주며
어깨를 주무른다

개키던 빨래를 밀어놓고 등걸잠을 자면
살그머니 무릎담요까지 덮어준다

파꽃

이채민

누구의 가슴에 뜨겁게 안겨본 적 있던가
누구의 머리에 공손히 꽂혀본 적 있던가
한 아름 꽃다발이 되어
뼈가 시리도록 그리운 창가에 닿아본 적 있던가
그림자 길어지는 유월의 풀숲에서
초록의 향기로 날아본 적 없지만
허리가 꺾이는 초조와 불안을 알지 못하는
평화로운 세상
젊어야만 피는 것이 아니라고
예뻐야만 꽃이 아니라고
하늘 향해
옹골지게 주먹질하고 있는 저 꽃

그 벽

이채윤

군청 가는 길에 벽화가 있다
턱없이 큰 물고기 턱없이 큰 무궁화 턱없이 큰 팽이 끊어진 낙동강 인도교
때 아닌 춤을 추고 있다 오색빛깔로 포장된 벽에서 태어난,
밀서를 매달고 날아가고픈 비둘기는 다리도 잃고 거기 멈추었네
그 벽 앞에서 또 무엇을 잃어야 제 색깔을 찾을 수 있을까

양귀비 벽화

이하율

외튼 화구 상자가 덜컥, 목에 걸린 아득한 잠을 토한다. 양귀비 떡잎과 놀다 흔들 건들 조막 동굴로 돌아가는 길, 미끄러질 때마다 자라는 꼬리에 매달려 기울어진 뒤꼍 문을 당긴다. 노을에 들킨 초승달이 타다 부서진다. 아편의 단내로 숨어든다. 창백한 여자 손톱을 다듬는다. 염색한 머리를 빗는다. 모근을 놓친 긴 머리카락이 날아가 검푸른 하늘 촘촘 얽는다. 쥐가 받아친 손톱 하나, 부풀어 오른 달의 귓불을 치받자, 시름시름 백화(白化)를 앓는 꽃술에 쏟아진 달빛, 강파른 꽃잎이 각을 세워 유착된 나비 마차를 부른다.

눈접

이해원

몸을 떠나서도 뜰 수 있는
크고 푸른 눈을 탐냈어요

어떤 눈이
내 눈의 견적을 내고 바람의 방향과 햇빛의 두께를 꼼꼼히 재고 간 뒤
눈을 도려내고 다른 눈을 붙였어요
눈물샘을 열고 실핏줄을 연결하자 시력과 마음이 충돌하고 나이테도 헝
클어졌어요
칼날을 쥔 여러 장의 바람이 울퉁불퉁 각막을 긁어대고
씨눈의 눈꼬리마다 통증이 지나갔어요
뿌리 끝까지 내려간 신음에 가지들도 진저리쳤어요

알 수 없는 날들이 바람에 진물을 말리며 지나갔어요 이제는
사라진 눈을 감고 거기, 향기로운 열매를 그리기로 했어요
어긋난 시력으로 캄캄해질 때 부러진 마음을 친친 동여맸어요
씨눈과 씨눈 사이 탄탄한 길이 열릴 거라고,

조금만 더 참으면
곧 세상을 보는 안목이 생긴다고 했어요

감나무

이현실

하늘에서 보낸 수천 통의 연서들
달콤한 사연에 가지가 휜다
이 계절이 가기 전 봉함된 편지를
한 장 한 장 읽어야 한다
지나가던 바람의 손끝에
홍조 띤 사연이 묻어나온다
떫었다,
풋풋했던 시절들

세상의 빛에서 뒷걸음질하며
어둠을 사모하던 이
앙상한 가지로 한참을 살아냈다

오늘, 그 설익음을 달래려고
따뜻한 빛 속으로 불러내었다

명랑한 소풍

이효림

잠을 열고 밖으로 나간다
머리카락 끝에 흔들리며 누워있는 잠
구두는 깜박 졸고 열려있는 귀를 민다
별이 내릴 동안 하늘은 계단 아래 허리를 구부리고

죽어서 어여쁜 과거, 지문 없이 잘 썩은 꽃향기, 들판에 지천으로 핀 엄마, 엄마는 젊고 동생은 언제나 작고 나비 날고 나는 예쁘고 앞집에는 네가 살고 있다 잠을 열면 레일을 벗어난 철학이 더 달콤하여 장미는 흑백이며 서민적이며 새들은 목구멍에서 내일내일 뿌리를 내린다 비들은 계속 알을 까고 쥐들이 햇살을 갉아대는 첫 번째 주말은 유토피아를 사러간다 개가 큰소리로 짖으며 산들은 몇 개 더 골목을 만들고 양지를 골라 코미디를 심는다 딸랑거리며 깡통 찬 고래가 밀림을 걸어간다

거북바위가 묻는다

이후재

그대, 진정 나를 좋아하느냐
일요일마다 내 앞에 올라와 기도하면서
막걸리 한 모금 따라 바치거나
밥 한 술 건네주는 손이 정겹구나

그대, 진정 나에게 의지하고 싶으냐
내 등에 기대거나 배를 만지며
이 세상 기회주의자들 불러세워
그들의 비위를 안주로 즐기고 있으니

진실로 나에게 배우겠느냐
옷 빛깔을 보고 그대의 옷을 바꿔 입고
힐끔 쳐다보고 발걸음을 바꾸기도 하지만
내 친구들은 거들떠보지도 않는구나

오늘은 한마디 듣고 가겠느냐
하룻밤 한나절이라도 내 품에 안겨 보아라
가슴 깊숙이 울림의 소리 들으면 좋으련만
벌컥벌컥 박동에 놀라 자빠지지는 말아야지

용설란(龍舌蘭)

이희섭

아내의 페이지는 반세기가 넘어갔다 꽃을 피우려면 오십 년의 이야기를 더 써야 한다 노란 꽃을 토해내기 위한 몸의 연대기를 기록해야 한다

오래된 활자들이 닳아서 삐걱거리고 앞장에 써두었던 속내가 낮빛에 드러나기도 하는, 갱년의 이력서를 쓰는 아내는 해를 다시 쓸 때마다 지문이 옅어져갔다

떨어져 나간 세포의 안부를 물어보기도 하는 위태로운 살갗이 붉은 뼈의 방에서 세월의 뒤편을 엿보고 있다 그 책을 완성하려면 비밀을 말하려다 멈춘 혀끝처럼 머뭇거리며 용의 입속에 핀다는 꽃의 신화를 읽어야 하지

꽃거품으로 스러져가는 당신이 두터운 껍질을 얻는 날, 바람의 문장을 읽으며 서로를 찌르던 가시에서 뽑아낸 독주를 함께 마시자 당신의 수액으로 이루어진, 오랜 바깥의 시간을

불손한 schema

이희원

당신에게 돌아가기 위해 당신을 떠났어

핸드폰은 꺼둘 거야
자동차는 커버를 씌워 차고에 두었어
신발들은 신발장에서 꽃씨를 틔울지 몰라

오전 내 오래된 책을 읽었어
낡은 서고는 꽉 차서 더는 공간이 없었어
먼지의 더께가 나를 웃자라게 했나봐
나는 책 한 권 뽑기도 어려웠어

이참에 서고 속 책들을 확 불사를까

택배가 신간을 던지고 갔어
반짝하더니 오후 내 나비가 날아다녔어
착시처럼 나무가 보였어

어쩜 그 많던 책들이 순식간에 먼지로 변할 수 있어

약점을 까발리는 불손함은 없었지
당신을 떠난다는 건 불가능했어
나는 그냥 그 길 끝에 죽 서 있었던 거야

* schema: 인간의 기억 속에 쌓인 배경지식

굴피를 보며

임동윤

저것은 당신이 흘린 피

물 한 모금 찾아 바닥으로 촉수를 내리는
목마름과 비바람을 몸으로 견디는
몸 가장 깊은 곳 알록달록 문신을 새기는

당신 오래된 종아리의 문신 같은
우리들이 빨아먹은 피 같은
눈 밑까지 퍼렇게 새긴 잔물결 같은

점점 더 물드는 나뭇잎으로
검버섯 허공에 피운 뜬구름으로
마치 우리가 씹다버린 껍질 같은

저것은 당신이 흘린 피

* 굴피: 참나무의 두꺼운 껍질

네게 물들다

임미리

눈에 그리던 당신을 보고 왔다.
어미의 탯줄을 놓아버린 아이처럼
나는 청맹과니가 되어 오래 앓아누웠다.
그 산을 조심스럽게 내려오면서
자꾸만 뒤를 돌아보았던 것이 잘못이었다.
돌아보고 또 돌아보다가 취한 듯
뒷모습이 아름답다고 혼잣말로 중얼거렸다.
앙상해져 아픈 가지를 드리웠던 네 얼굴
천태산 은행나무의 노란 물이 들었기 때문일까.
아픈 모습 숨기지 못했을 것이라고 중얼거리며
위로하듯 네 손을 꼬옥 잡고 아주 천천히
은행나무 주위를 한 바퀴 돌았던 기억이 난다.
너를 먼저 돌려보내고 아니 그만큼 세워두고
넋 놓고 뒷모습을 바라보았다.
막 돌아서는 순간, 사무치게 그리워지면서
노랗게 채색되어 반짝이는 모습이
눈 속으로 들어앉아 아름다워지기 시작했던 것이다.
나는 대책 없이 노랗게 물든 우두커니가 되어
뒷모습이 아름다운 이가 멀어질 때까지
그 자리에 오래도록 마음이 머물렀던 것이다.

산속 바이올린

임 석

한 오 년쯤 기다리면 산삼이 된다기에
그늘진 곳곳마다 인삼씨 뿌렸지요
막연한 그리움들이 속을 간혹 태웁니다
우리집 산새들이 아침 열고 떠듭니다
시꺼멓게 변한 밭이 이상하게 보였던지
비올라 썩힌 부리로 잎새건반 두들깁니다
빛 묻은 구석자리에 뭔가 조금 보입니다
신선한 초록 위에 드러누운 산 이슬
똑똑똑 숨 쉬는 초침 해는 지고 달이 뜹니다

삼천갑자(三千甲子)

임영석

내 하루하루 읽고 쓰는 시(詩)가
삼천갑자에 치면
바람의 먼지 같은 것인데
세월이 길다 짧다
말하기 전에
꼭 한마디, 알아둘 일은
일 갑이나 삼천갑자나
오늘이 없다면
내일이 무슨 소용 있겠나
삼천갑자 십팔만 년도
누군가에겐
바람에 떨어지는 낙엽이리라

해먹

임 윤

나무그늘에 고치 틀고

깊이 잠든 아이

꿈 한 덩이

바람이 슬쩍 건드려본

우화를 준비하는 생의 무게

눈이 오는 날은

임형신

눈이 오는 날은 기다리는 날이다
굴뚝새처럼 꽁지를 내리고
아무 일도 없는 바깥세상을 향해
귀를 세우며

모처럼 군살 박힌 손가락들 쉬게 하고
강설의 무게만큼 패인
주름살도 펴게 하는

편백나무 향기가 내리는 집
그날의 햇빛 떠다 촘촘히 뿌리고
눈이 오는 날은 기다린다
지난가을에 다친
발목을 붙들고
미세하게 움직이는
나뭇가지의 일렁임에도 한 생각씩
걸어놓고

깊은 강물에서 건져낸 돌들과
수화(手話)를 나누며

그리운 비유와 상징

장상관

강하니까
강이다

멍든 몸 주물러주느라 바다는 늘 출렁인다
골짜기에 두고 온 제 뿌리를 향한 쉼 없는 오체투지
계류를 내달리며 부딪던 어깨뼈는
바람에 말려보고 나서야 산산이 부서졌음을 안다

하늘 염판 구름꽃도
때마다 거르지 않고 올려보내는 연어도
다 제 뿌리에게 보내는 기별이다
가장 낮은 곳에서 강이 강하기만 바라는 바다
그러나 모래사장이 사장되고 갈대는 갈 데가 없다
굽이쳐 흘러야 강해지는 이치를
바른 자세 가르친다며 인간이 억지로 펴놓았다

강물 먹고 태어난 비유와 상징들은
이제 깡그리 피 터지는 수난을 겪어야 한다
카랑카랑하던 여울물소리 사라지고
수심 깊어 아무 소리도 내지 못하는 강
한 번씩 몸을 뒤틀며 포효하던 기세
아무리 곪아터져도 스스로 치유하던 힘까지
다 포기하지 않았기를 강아 너는

강이니까 강하다

천태산 연가

장수현

산꽃 필 때 가리라

파아란 여명 마시며
연분홍빛 얼레지꽃 고개 숙이고
준령의 산마루가 풋내를 뱉는
산안개 가른 능선 위로
파스름한 고깔제비꽃 춤추는
저 산 바라만 봐도 좋으리

삭풍 속 비틀거리며 떠나온 님 앞에
몸은 서러워 자주 넘어져도
바람에 실려온 영국사 새벽 종소리
찢긴 고사목 옆 봄까치꽃 위로
망탑봉 능선의 꽃마리꽃 아래로
반짝이는 은행잎도 초록 햇살 뿌리는

천태산 산꽃 필 때 가리라

그곳에 나비가 산다

장이엽

나비가 날고 있다
가보나 마나 그곳은 꽃밭일 게다

꽃밭에 가려거든 어떻게 해야 하나
나비를 따라가라

나비를 따라가려면 어떻게 해야 하나
나비를 불러 모아야지

나비를 불러 모으려면 어떻게 해야 하나
꽃을 피우면 되겠다

별똥별

장지성

삼복을 달군 여름 가마솥 찜통더위
시골집 모인 가족 마당에 멍석 펼쳐
열대야 불면의 밤을 둘러앉아 담소한다.

선대가 하던 대로 인진쑥 불을 지펴
메케한 연기 속에 눈물샘을 훔치면서
갓 쪄온 찰옥수수를 부족처럼 먹는다.

아이들 별을 헤다 제풀에 잠이 들고
적막을 도닥이다 뒤척이는 삼경 멀리
꿈결 속 별똥별 하나 부싯돌을 긋는다.

붉은 능금을 먹는 동창회

장진명

한입 베물어 따악 가을이 익었습니다
어머니 베적삼 속에
얼굴을 묻고
젖 냄새 만면한 어린아이처럼
우리도 가을 냄새로 익어갔습니다

언제 또 종아리 통통한
소녀로 살아 가을을 만나겠습니까
하늘을 비비며
한때의 거룩한 신(神)들은
윤동주의 서시를 남겨주기도 했지만
용렬스러운 생(生)은
우리를 저 모퉁이로 끌고 가
입안 가득한 신맛으로 눈물을 가지기도 했습니다

한입 베물어 따악 가을이 익었습니다
한 떼의 들짐승처럼
우리가 놀던 망초꽃밭으로
이야기들이 우르르 몰려 지나갑니다
우리는 멀찍이 앉아
하늘 보기도 부끄러운 용기 없던 붉은 가을을
뭉텅뭉텅 베어 물었습니다

겨울 담쟁이

장현숙

세한도를 닮은 그림이 담벼락에 걸려있다
앙상한 부챗살을 꽂아놓은 듯 나무 한 그루
바람에 흔들리고 있는지
가지가 부러질 듯 휘어있다
원근감도 없이 투박하게 그려놓은 나무 옆에는
구불거리는 길 돌아서 초가집
빨강색도 없이 노란색도 없이
밑그림만 그려놓은 집
쓰러질 듯 지붕이 내려앉은 마당 넓은 집
뒤에는 산들이 겹겹이 병풍처럼
배경을 이루고 있어
금방이라도 햇살이 머리를 내밀 것 같다
어느 어린 화가의 붓끝이 스쳐갔을까
여백의 미가 화폭 가득하게
그려져 있는 엉성한 그림 한 점
지우개 가루처럼 눈이 내리면
완성되지 못한 채 지워져 버릴
잎 다 떨어진 담쟁이 뿌리가 그려놓은 그림

눈물방울 별

전건호

볼을 타고 흘러내리는 눈물에 비친 나를 바라본다

눈물이 내미는 손을 잡는다

눈물방울 속에서

거리를 가늠할 수 없는 별이 반짝거린다

드디어 정박(碇泊)인가

두레박도 없이 흘러내리는

저 별에 갇혀

평생을 떠돌았으니

매미의 허물

전다형

문상객 모여드는 빈소

문 밖까지 불, 효 울음줄기 뻗어나간다

어디든지 헐헐 날아갈 수 있겠다

겹나라, 내 허물

달에게

전 숙

달아, 너 얼마니?

어느 천재가 발명한
열두 명과 동시에 눈 맞추는
마네킹이 10억이래

세상의 모든 마음들과
동시에 눈 맞추는

달아,
너는 얼마니?

눈물을 너무 사랑해서
세상의 모든 눈물 호수를
오체투지로 찾아다니는
너 둥글고 촉촉한 마음아

은행잎

전연희

누군가 곱게 접은 연서를 띄웠을까
물이 든 열매들이 별빛으로 돌아오면
여인은 총총한 걸음
저녁상을 차린다

땀에 전 옷가지를 씻어 너는 늦은 저녁
사내의 휘파람은 고향으로 가고 있다
가는 길 저토록 환하게
가지마다 띄운 등

은행나무의 수다

전장석

나이 들면 말수가 줄어든다는데
천년 수령의 천태산 은행나무
갈수록 수다스럽다

가을이 오자
빠라빠라 빵빵~
머리 노랗게 물들인
10대 폭주족같다

햇노란 치맛바람이
햇살 서방의 무릎에 앉아 토닥거리는
요사채 툇마루

동네방네 소문 퍼뜨리며
시샘하는
천태산 은행나무

갈수록 무성하다

꽃의 주소를 잊다

전 향

산길을 걷다
들길을 걷다
해안길을 걷다
만나보고 싶었던 꽃을
우연히 만났다
멸종위기 2호이라는 그 꽃을

그동안 얼마나 보고 싶었는지
설레는 가슴으로 사진 몇 장 찍고
그 옆에 오래도록 앉아 바라보다 돌아왔다

보고 싶을수록
곁에 두고 싶을수록
한 발짝 뒤에 서 있어야 된다는 것을
이제는
안다

단 한 번의 만남으로도
기꺼이
주소를 잊는다
가는 길도 잊는다

사랑이라 말하기에는

정가일

태풍이 몰려올 것이라는 소식에도 애벌레는
사과나무 잎을 갉아먹는다
무서운 속도로 갉아먹는다

잎 하나 사라질 적마다
완벽한 공양이다
마지막 남은 잎 사라지자 나를 향해 내리치는
죽비소리,

깜짝 놀라 하늘을 보니
우두둑 비,
저걸 어쩌나

―보셔요. 애기 사과나무에 애벌레가 있어요. 모두가 외면하는 징그러운
애벌레가 있어요. 날마다 아파하는 애기 사과나무 품에서 애벌레는 나비가
될 꿈을 꾸어요.

떼어내주랴?
묻는,
어느 방랑자의 손을 밀쳐내고
하늘을 향해 꼿꼿하게 몸을 세우고 있는 애벌레의 꿈이
떨어질까 봐
떨어질까 봐,
자꾸 몸을 구부리는
애기 사과나무,

능소화 종소리

정경남

쇠처럼 단단한 꽃자루
자기 몸을 때려 종을 친다
지독한 사랑은 독이 되어
눈이 멀어야 만질 수 있는 꽃
그 환한 슬픔에 함부로 다가서지 마라
이미 심장의 피를 녹여
차고 단단한 놋종이 되어버렸다
한여름 담 밑에 떨어져
오래 울리는 종
얼마나 맑아져야 다가설 수 있을까
얼마나 귀 기울여야 들을 수 있을까
능소화 종소리 내 안으로 들어와
다시 꽃으로 피는 저녁

겨울 산

정경용

종소리처럼 내리는 눈을 맞으며
두 손 들고 기도 중인 나무가 살고
뾰족한 부리로 밤새 별빛을 쪼아
맑은 아침을 여는 콩새가 살고
찬란한 햇살을 펼친 깃을 치며
장끼가 까투리를 부르는 메아리로
꽝꽝 언 땅을 녹이는 꿩이 살고
다람쥐가 땅속에 묻어놓고 찾지 못하여
꾀꼬리의 음표가 된 도토리가 살고
술래 길을 돌던 바람이
똬리를 틀고 자는 너럭바위 밑에
꽃 비늘로 탈피를 꿈꾸는 뱀이 살고
어머니가 호미공법으로 꿈을 일군 굿밭에
당나귀 힘줄 같은 당귀 뿌리가 살고
마른 잎을 아기작아기작 먹다 제 귀에 놀라
굴속으로 숨는 토끼가 살고
흰 눈의 아마포로 덮인
산의 피돌기를 퍼트리는 부활에
피톨을 틔우는 새움이 살고

만삭으로 부푼 겨울 산에는
푸른 생명들의 심장박동소리가
눈 쌓인 골짜기
얼음 밑으로 흐르는 물소리로 들린다

웅덩이에 고인 물

정경진

말이 없는 웅덩이에 고인 저 물은
잃어버린 기억 속을 배회하고 있다
지난날 울부짖던 천둥소리와
안타까워 바라보며
가슴 쥐어짜던 벼락
아득한 세월 내려놓고 살아가고 있다
설거지 끝난 불 꺼진 부엌
그릇들과 씨름하던 수돗물
제 갈길 찾아 흘러갔을까
어디로 가서 발 뻗고 몸 누이는가
웅덩이에 고인 물
훨훨 날갯짓 그리며
하늘의 흰 구름 한 송이 띄워놓고
그네를 탄다

내, 우주팽창설

정동재

새벽, 가장 먼저 시간을 알리는 수탉아

저녁이면 암탉들 모아놓고 교배하는 수탉아

하룻밤에 알을 잘도 낳는구나

먹이를 가늘고 곱게 되새김질하는 소야

복중 십 개월 버겁지 않으냐

열 달 차는 배가 놀랍고 두렵지 않은 것이냐

복중(腹中) 불효 80년 노자 선생

평생 죄인처럼 고개 들길 가벼이 못했다는데

억겁 세월 늘어나는 강보 천지(天地)는 우릴 감싼다

달을 꼬박꼬박 채워 우주를 팽창시킨다

제 부리의 힘으로 거듭나지 못하면

이런저런 설만 입에 무성하다

달의 행군에 맞춰 밭 갈아 씨앗 뿌리고 이엉 엮고 문풍지 바르고

덩실덩실 신명이 나

달 타령으로 팽창하는 풍류를 일깨웠으니

명명백백(明明白白) 입에 여의주를 물었으니

더는 밝음의 이름으로 일월(日月)을 짝짓지 말아야 하겠다

천지의 자궁 속에서 명명백백(明明白白)이라는 말을 꺼낸다

산달 향하는 어머니 같은 태연한 달밤!

씀바귀

정바름

들녘에 나가 씀바귀를 캤다
쌉쌀한 뿌리에서 단내가 났다

인생의 쓴맛을 아는 사람은
쓴맛 속의 단맛을 안다
씀바귀 같은 사랑을 안다
산으로도 오르지 못하고
꽃으로도 기억되지 못하는
지나간 사랑의 아픔을 안다

다시 들녘에 나가리라
모진 겨울 견뎌낸 네 가슴에
오래 묵혀둔 촉수를 뻗어
깊이 뿌리를 내리리라
달고도 쓴
꽃 한 송이 피우리라

밀림, 공항과 바다가 있는 저녁

정선호

수평선에 해가 지고 있던 휴일 저녁이었어요
수빅만* 파도는 언제나 사람들의 가슴을 향해 쳤지요
다른 섬에서 온 택배 짐을 풀던 뭍의 사람들은
파도처럼 일렁이며 귀를 바다 쪽으로 향했지요
도시의 해변을 걷던 연인들은 뜨겁게 포옹하며 키스를 했지요

다른 쪽의 해변에 있는 다국적 운송업체의 전용 비행장에
비행기가 이륙하고 있었지요
수천 개의 섬에 흩어져 사는 필리핀인들에게
공항은 물품이 모였다가 하늘길 따라
섬으로 흩어지는 하늘역이지요
공항 주위에 난 길옆 풀숲에선 풀벌레소리 요란하고
바다에선 파도가 하늘길에 부딪혀 물보라를 일으켰지요

공항길 건너 밀림에선 뱀과 새들이 밤을 준비했고
원숭이들의 짝짓기를 위해 나무들은 잎을 털어냈지요
밀림 안 마을 사람들은 택배로 보낼 짐을 쌌지요
황혼을 불살라 나무가 꽃을 피워내는 소리,
비행기가 이륙하는 굉음이 물보라를 일으켰지요

꽃 피어나는 소리와 비행기 이착륙 소리는
팽팽하게 밀고 당기며 하루의 저녁을 완성했지요

* 필리핀 루손섬 수빅시에 있는 해안

구멍 난 하늘

정선희

벌레는 하필 그곳을 파먹고
나는 왜 그곳을 통해
하늘을 보는 것일까

벌레와 내가 만나는,
그곳은 좀 더 은밀한 세상
거기서부터 나의 이야기는 시작되지

구멍 난 나뭇잎 사이로
하늘을 볼 줄 아는 사람은
혼자서도 놀 줄 아는 사람

혼자서 놀다가 나뭇잎 하늘을 보고
언제 울었냐는 듯
생긋 웃을 줄 아는 사람

구멍 난 나뭇잎 사이로
하늘을 볼 줄 아는 사람은
스스로 재미를 발견할 줄 아는 사람

구멍 난 하늘만 있으면
나는 아무리 커다란 슬픔도
손바닥 안에서 갖고 놀지

뿌리 깊은 달

정숙자

소용돌이 휘말려 대가리 박살났을지라도
산산조각 다시 뭉쳐
강물의 호수의 바다의 심장이 되는

늦가을 어스름이면 쩌렁쩌렁
더욱더 불타오르는
그물로 작살로도 건질 수 없는
눈으로만이 만질 수 있는
오로지, 오직 한 마리

모남 메마름 게으름 서두름 없이
물결 한 결 헤집음 없이
산 넘어 또 산 넘어 서방정토까지 혼자이지만

접었다 폈다 마침내 둥글어지는 독야청청 저 물고기!

실개울에도 흐르고 있어
우리들 가슴에도 뿌려져 있어
내 인생 견문록 참회록에도 새겨져 있어

천천히 찬찬히 구름과 바람 사이를
온밤을 꿋꿋이 돌보고 있어

누드 앞에서

정시마

폭설이 내리쬐는 칠월 누드를 찍고 왔네

거문도 그 언덕길

창 벗고 대문 벗고 지붕도 벗은 한 채의 누드

횟가루 날리는 문살 어룽어룽

햇볕을 들쓰고 있네

시퍼런 때밀이 수건 한 장으로 벗겨 낼 벽의 세상 땟자국들

입가 거품 덧붙여 반짝이네

셔터를 누를 때마다

먼지의 오물거리는 조개 입술들

스멀스멀 짐짓 벗은 벽 뒤에서 출렁거리네

머드팩 같은 어둠이 건너올 때

남은 속살 걸쳐놓고

뻥 뚫린 대문 틈으로 뚫어지게 바라보는데

허문 담장 어깨를 조밀조밀 밟고 자랐을 지렁이풀 바랭이 토끼풀

그 집의 한 줄 새 주소로 꽃 피웠네

한 채의 헐벗은 몸으로 저렇듯 저문다는 건지

고장 난 시계내장처럼

지붕 한쪽 눈 감은 채 처져있네

서성이다 나는

뒤란으로 내 나팔관 닮은 원추리꽃 눈길 더 주다

검은 지붕 아래 모자하나 벗을 수 없지만

흩어진 주름살 위로

그 사람과 남은 옷 다 벗어버리네

늙은 은행나무의 방

정영주

페인트가 벗겨진 것처럼
늙은 은행나무 몸통이 각질 투성이다
허물 벗겨진 시간이 빗속에 엉켜있다
혼자 스며들 골방 하나 얻을까 산에 든 것인데
늙은 은행의 방,
숭숭 뚫린 구멍마다 노랗게 물이 차 있다
햇빛 가득할 땐 청정한 방이어서
환한 그늘에 들 수 있었다
늑골에 감추고 다니던 적막 하나씩 꺼내
황금 가지에 걸어두어도 모른 체하니 좋았다
오늘은 은행의 고독이 물속에 잠겨
들어설 길이 신화처럼 아득하다
빗소리 점점 장엄해지고
물그림자 허공 장막 가득한데
은행 등에 몸 피하는
이끼 같은 이 시간도 천 년일까
손바닥에 내려앉는 홍건한 빗물과 함께
나도 황금색으로 늙어간다

소리 바퀴

정용화

내 귀에는 두 개의 바퀴가 달려있다
가만히 만져보면 온전히 둥글지 못해
제대로 굴려본 적 없는

잘 익은 과일이랑 꽃 따러 가자던
당신의 수많은 소리들을
좁은 터널 속으로 실어나르던 귓바퀴

비 내리는 저녁
꽃 한번 내고 시들어 버린 봄은
구름을 기록하는 언어라서
자꾸 물에 빠지거나 모서리에 부딪힌다

다가오지 않는 목소리가
구석에서 끝내 그리움이 되고
간간이 떠도는 목소리가 쌓여갈 때
더욱 붉어지는 바퀴

퇴화된 기억을 호출하며
바퀴가 귓속으로 빗소리를 실어나른다

새들도 비상할 땐 두 발을 감춘다

정원도

다급한 고향의 부고를 받고
스무 몇 해 도시의 묵은 신발을 털며
너털너털 동대구역 내려 큰고개 지나는 길
마부가 되어 채찍질하던 아버지의 청춘이
새털구름이 되어 걸려있다

안심*에서 자랐어도
전혀 안심하지 못했던 유년의
짧은 다리를 감춘 채
낯선 공단의 밤을 떠돌던 시절이 엊그제처럼
몇 마리 새가 되어 날아가고

새들도 비상할 때는
두 발을 감추는 이유를 안다

하늘이 터전이던 새들은
죽어서는 날개를 접고 지상으로 돌아오는데
지상을 경작하던 사람들은
죽어서는 저마다 하늘로 돌아가야 한다

지상은 소임을 다한 몸들이 돌아가는 곳이고
하늘은 그 몸에서 빠져나온 영혼들이
돌아가는 곳임을 잘 아는 까닭이다

* 지금은 대구시 동구에 속하는 반야월 일대가 그 이전에는 경산군 안심읍에 속했던
  지명임.

그랬구나

정윤천

시인들의 시에다 악보를 붙여, 시 노래를 들려주던 작은 음악회에 간 적이 있다. 무대에 초청된 한 시인에게 어떻게 해서 시인이 되었나요. 누군가가 예쁘장한 입술로 물었는데, 어릴 적에 나뭇잎 이름 맞추기 대회에 나가 일등을 한 적이 있었다고 대답하여 주었다. 그랬구나. 노래의 창공(蒼空) 위에서 수많은 나뭇잎의 이름들이 떨어져내려, 관객들의 어깨와 발등 위에 가만히 내려앉아 주었다.

연못

정이랑

팔짱 끼고 서 있는 버드나무 안쪽
떠나지 않는 투명한 얼굴 하나
습관처럼 들여다보는 날이 늘어간다

가지를 오르내리며 햇살은
그곳에 먼저 터를 잡고 있었고
물살 위 굴러다니는 바람의 발자국들
나는 온종일 물끄러미 따라다녔을 뿐

끌고 왔던 길은 풀숲으로 숨어버렸나
잎들을 흔드는 개구리 울음소리
귀의 천정에 달라붙으면
날 새워 시를 쓰고 싶다

누군가 찾아와서 거름 주지 않아도
어둠이 깔린 배경 속에
둥근 꽃 피워 올리는 너를 닮은 시

가을산행

정이향

붉어진 얼굴에 가을이 앉았다

이산 저산의 단풍에 벌써 취기가 돈다

술 한잔 돌며 단풍잎 안주 삼고

술 한잔 돌며 은행잎 하나 줍는다

길가에 앉아 파전을 굽던 할머니도

누릇누릇 단풍을 구워낸다

부옇게 따르는 생탁 한 모금, 톡 쏘는 입맛,

가지산이 질겅거리며 뱉어내고 있다

바위산을 오르는 내 안에

울긋불긋 흩어진 취한 낙엽을 줍는다

가파른 산행 온 얼굴이 붉은색이다

천태산 은행나무에게 하문(下問)하다

정인창

묻고 싶었네
천년 살면 그 맘은 어떤가?
욕(慾)…
욕(慾)이 비워지던가?

수즉다욕(壽則多辱)을 이겨냄도
욕(慾)이거늘
천년,
그 욕(慾)은 모른 체하고
가을마다
노란 은행 열 가마로 화답하니

천년 선승의
목탁설법(說法)이라 해야 하나
가섭이 게 있느냐?
하고 물어야 하나

천태산 계곡

정일남

반석에 앉아 신선이 바둑을 두었겠다
때 묻지 않은 세월은 여기 오래 머물다가
계곡을 물줄기로 씻어내리는 만추에 들고
물소리는 계절의 국경을 넘어가는 것인데
하늘의 선녀들이 내려와 삼단으로
뛰어내리는 폭포에 옥 같은 몸을 씻고
단풍으로 불 밝힌 계류를 떠나고 싶지 않아서
치마폭에 천년 하늘을 쓸어 담아
멧새소리 솔바람소리에 취해 오래 놀다 갔겠다

민들레

정재분

꽃대궁이 없다
허공 위로 제 몸을 쑥 밀어 올리지 못하고
자라목으로 땅바닥에 달라붙어선
느닷없이 샛노랗다
다 자라기도 전에 시집갔던 옛 여인들처럼,

하여도 일고여덟을 좋이 생산하던
소싯적 귀밑머리 예쁜 우리 어머니의,
어머니들처럼
작히나 꽃부터 피웠다

3월을 꽉 채웠음에도
동장군은 물러서질 않는다
늘 그랬듯이 꽃은 기다리지 못하고
첫 생리하듯
산책로 풀밭이 낭자하다

천년 고목의 번뇌

정재선

달은 기울어
소란을 잠재우려
산등성이에 걸쳐두고

마음의 합장으로
부처를 속내에 들이면
목탁소리 풍경을 치는데
옹이 박혀 누더기 되어
노란 저고리 갈아입고
천년세월 품은 채
연리목 되어
울먹이는 어깨를 어루만진다

가려 하니
밤 붙잡아 시간은 흐르는데
끝자락에 매달린 은행은
번뇌 속에 울고 있네

은행나무 인생

정종득

나그네 인생길에 슬픈 눈물 흐르거든
꿈같은 옛 추억을 묵언의 속삭임으로
품어 안는 은행나무 그늘 아래 서려무나

노랑 화염 속에 한숨뿐인 삶이거든
창공을 꿰뚫고서 하늘 받든 기둥 되어
대궐 같은 은행나무 그늘 아래 서보려무나

석양 노을 오색단풍 울긋불긋 불태워도
칼바람 북풍한설 떨고 있는 설은 그대
새봄까지 품어 안은 변함없는 죽마고우

동일자의 꿈

정진경

클로버 잎들이 베란다 정원을 휩쓸고 다닌다 토끼 뒷다리를 가졌는지 깡
충깡충 이 화분 저 화분으로 뛰어다니면서 행운의 꽃을 피운다 한 무리 초
록으로 꽃 피어서 지고 나면 또 다른 공간으로 촉을 뻗는 클로버 잎들, 희망
한 잎 사랑 한 잎 믿음 한 잎으로 타인이 사는 경계를 침범하면서 거침없이
종족을 번식시킨다

행운에 대한 믿음이 흡혈귀가 되어 화초들 뿌리에 칭칭 감긴다

초록 미학을 너무 믿어버린 내 눈 감각을 쌈박하게 치켜 올려주고

잎이 돋자마자, 화초를 포옹하고 있는 클로버 잎들

행복은 이렇게 푸르게 세상을 물들이는 거야요

클로버 잎들은 나마저 물들이며 여린 넝쿨을 내밀고 있다

사리암 돌계단

정하해

비가 내려도 새벽은 붉었다
먼 데 북소리처럼 나무를 두드리는
그 소리 내 등에 한 짐, 경쾌하다
처음부터 그대가 오르는 중인지
내려가는 중인지 생각 않기로 했지만
한 발 옮기면 그대는 서너 발쯤 길어지고
가쁜 호흡을 쉬게 하면 그대가
쳐드는 산으로 하여 내가 절벽이다
내 전부 그러쥐고 오르는
더디고 불안한 이것이 끝인가 싶다가도
승천 못하고 걸린 그대의
마음이 비였던가 싶어 어느새 저만치다
그대가 늙은 이무기로 살아
이 골짝 전부를 숨죽여 놓았으나
어쩌랴 그 비늘 밟아야 오를 수 있는
저 세상 밖의 암자를
이 또한 천근만근 사람이라는
죄목에 해당되는 일인 것

"

시인이 많은 세상

정 호

시월 마지막 날 이른 출근길

내장사(內藏寺)에 불났대!

승객들 모두 코웃음뿐 귀담는 사람 없는데
뒷좌석에서들 두런두런,
아예 한술 더 뜨는 사람도 있다

요즘 날씨가 좀 좋은가
내장산 홀랑 태워먹을 만하지 아무렴
그래봤자 동짓달 가기 전엔 다 꺼질 걸

* 내장사 화재: 2012. 10. 31 새벽 2시 발화. 대웅전 및 동종 전소

코딱지

조경순

손녀가
코딱지 파서
"할머니 먹어" 내민다

간간하고
짭조름한 고거
먹어
본
적
나도 있지

뭐라고
말은 못해도
고거
정말
괜찮았지

코딱지

풍뎅이

조대환

가게 유리창을 들이받고 바닥에 떨어진 그가
180도로 뒤집힌 승용차처럼 벌렁 드러눕는다.
그는 등을 바닥에 대고 하늘을 바라보고
손과 발을 격렬하게 내두르며 허공을 붙든다.
철부지 시절 풍뎅이 다리를 떼어내고 모가지를 비틀
땅에 눕히고, 마당을 빙빙 쓸게 할 때처럼
딱딱한 등속에 숨은 속 날개를 활짝 펴서
바닥을 핑핑 돌며 갈피를 잡지 못하고 있다.
둥근 등 바닥에 대고 암만 일어나려 해도
공중에는 그를 잡아 끌어줄 손이 없다
하늘을 향해 날던 그때를 잊고 꼼작하지 않고 있네.
딛고 날아오를 바닥을 잃고 허우적대다
천화하는 시간만을 쓸쓸하게 기다리는가.
어린 시절 풍뎅이한테 저지른 잘못을 참회하며
다치지 않게 두 손에 담아 하늘로 날려보낼 때
무너져내린 감정 때문인지 내 몸이 휘청거리네.
진객으로 찾아온 그가 가로수 은행나무 사이를
양 날개 휘저으며 헬리콥터처럼 날아가네.

왕오색나비와 애들의 정원

조 명

한 아이가 공작가위를 들고 정원으로 달려갔다
나비 비명이 동심을 흔들어 초저녁 어스름 내렸다
알의 꿈이 털애벌레 몸으로 꿈틀거리던 살라나무 뜰
나비보다 먼저 정원사 할멈 말씀이 이파리마다 팔락이고 있었다
기다려보아라, 글피쯤 왕오색나비가 태어날 게다
송장 몰골 무른 얼굴만 고치 밖으로 내민 채 할할
아이 눈에는 그 애기 죽을 것만 같았다
연민의 분침이 사랑의 시침을 밟고 앞질러 달려갔다
애기 유령들 손사래를 치며 뒤따라 달려갔다
한 아이가 공작가위를 들고 싹둑 구멍을 오려주었다
내 주치의가 서둘러 절개했던 것처럼
어기적어기적 기어나와 툭 떨어져 푸드덕푸드덕, 죽었다
왕오색나비의 왕국 꽃피는 살라나무 정원이었다
나는 애들이 몰려오기 전에 묻어버리고 싶었다

그해 가을

조수일

그해 가을, 나 사랑을 했네
노랗게 잎 진 은행나무 아래서
노랗게 가슴 물든 사내와 사랑을 했네
사내가 입술 열어 속삭일 때면
잘 마른 은행잎 내음이 아찔하게 흘러들어
수줍은 듯 서 있는 내 발목을 적시네
사랑은 마주 잡은 손 사이로
땀이 흥건히 고여 들어도
끝내 떼어놓을 수 없는
그 찰나의 긴 영속성
지긋이 내려다보는 사내의 눈길을 받으며
밤이 이슥해지도록 놓아버릴 수 없었던
이야기를 도란거리던 노란 손바닥 둘
나, 온통 샛노랗게 물들고 말았네
못 잊을 사랑, 그만 뿌리치고 말았네

달집

조옥엽

늦가을 해거름, 한적한 국도 한하고 달리다 가까스로 멈춰 섰다 마초아 산 아래 눈부신 성이 나를 부른 것 다짜고짜 성문 밀고 들어서자 기다렸다는 듯 황금 빛살 떼로 덤빈다 황급히 피하다 얼핏 올려다본 천장엔 수천수만의 달이 가지가지 한드랑거리고 있었다 억겁의 시간을 삼킨 은행나무 그가 일시에 해산한 구슬 같은 달들, 나무는 여직껏 시간 아니라 달을 삼켜왔던 것 오늘 그 달들이 뿜어내는 빛 더 이상 감추지 못하고 토해내는 중이다 달을 품은 집, 달집

그 나무 아래서

조 원

그림자 긴 은행나무 아래서 우리 약속했네
너무 멀리하지도, 가까이 있지도 말자며
딱 그만큼의 거리에서 웃고 떠들고 때론 울자고

잇몸으로 쏟아낸 누런 알들이 발끝에 데굴데굴 구르는 건
딱 그만큼의 거리가 맺어낸 열매, 꼭꼭 씹었다 뱉은 말 냄새
날마다 발바닥은 새롭게 태어났네

그 나무 아래서 우리 다시 약속 했네, 봉분 세우듯
우르르 잎사귀 퍼붓는 날, 잘 익은 알맹이로
코 막고 입 막은 채 아무 죄 없이 살다 가자고
딱 그만큼의 거리에서 당신과 나,
염하듯, 사랑하듯

아이야

조윤주

보렴
지상에 있는 나무의 다리가
외다리인 것을

그 나무들은 여럿이 어울려
함께 있을 때
수많은 다리를 얻는단다

나무들이 서로 조금씩 어깨를 기대고
뛰노는 곳
신(神)은 그곳에
신성한 숲을 만드는 거야

아이야
이런 숲이 있는 곳에
신(神)이 사람을 보낸 것은
함께 있어야 사랑이 되고
그 사랑이
기적을 만들기 때문이란다

보렴
무너진 사람들이
이웃의 손을 잡고 다시 일어서는 것을
백 년을 산 나무가
여전히 외다리로 걷는 기적을

거푸집

주경림

은행나무 울울한, 하늘에서
유지매미 한 마리가 뚝 떨어진다
날개맥에 윤기가 반드르 하게 도는데
아직 살아 숨 쉬는가,
모양새 하나 흐트러짐 없이 단정한데
날개를 만져도 다리를 건드려봐도 꼼짝 않는다
5년도 넘게 걸려 몇 번을 허물 벗어
다시 지은 집 한 채,
칠 한 군데 벗겨지지 않았고 유리창도 말짱하다
새 생명을 품었던 그 자리,
온기가 남아
쭈그러졌던 내 마음 거푸집에도
모양새를 불어넣어준다

귀로

진 란

한때
불잉걸로 자작자작 타오르던 날 있었으리
푸른 잎사귀 차랑대는 오후의 햇살 속에 그대를 심고
잎사귀의 방울을 달고 싶었으리
내 속에 맺힌 그대여
숲으로 난 저 오솔길 오래도록 함께 소곤대고도 싶었으리

사람아
눈감고도 환한,
내게서도 네게서도 언제던가 한 번쯤 열렸다가 닫혀버린 그 길
푸나무에 덮여 잃어버리기 전에
뜬금없는 기별이면 어떠리
먼발치서 화들짝 놀라 달아나는 노루처럼이래도 이 숲으로 오오

바람이 미끄러져 들어간 아무도 없는 숲
자작나무 초록의 잎에 그대 눈동자 슬어놓고 가오

바람의 뼈

천수호

시속 백 킬로미터의 자동차
창 밖으로 손 내밀면
병아리 한 마리를 물커덩 움켜쥐었을 때 그 느낌
바람의 살점이 오동통 손바닥 안에 만져진다
오물락 조물락 만지작거리면
바람의 뼈가 오드득 빠드득
흰 눈뭉치는 소리를 낸다
저렇듯 살을 붙여가며
풀이며 꽃이며 나무를 만들어갈 때
아득바득 눈뭉치는 소리가 사방천지 숲을 이룬다
바람의 뼈가 걸어나간 나뭇가지 위에
얼키설키 지어진 까치집 하나
뼛속에 살을 키우는 저 집안에서 들려오는
눈보다 더 단단히 뭉쳐지는 그 무엇의 소리

은행나무 여자

천향미

저 여자
첫 아이 낳던 새파랬던 기억을 떠올리는지
어깨가 자주 흔들린다
비스듬히 쏟아져 내리는 햇살에 상처를 맡긴 채
두터운 생을 견디는 중이다
물컹한 슬픔도 오래 쟁여두면 발효하는지
혈흔으로 고여 옹이로 남는다
천년 강을 건너는 동안
몸속으로 스며든 곡진한 울음
바람 불 때마다 공명음으로 풀어낸다
식욕처럼 찾아온 허기가 여린 맥박을 짚을 때
부러진 곁가지에 흔들리던 갈매 손,
상처를 실로 뽑아 뜯어진 솔기 사이사이를
새순대고 꿰맨다

금당에서

최기종

당신의 미간에 금을 놓습니다.
새끼손톱만한 금을 놓습니다.
그런데 손이 떨려서 틀어집니다.
마음이 흔들려서 틀어집니다.
어제도 오늘도 놓습니다.
내일도 모레도 놓습니다.
그런데 손이 떨려서 다시 놓습니다.
마음이 흔들려서 다시 놓습니다.
아무래도 나는 재주가 부족한 모양입니다.
아무래도 나는 사랑이 부족한 모양입니다.
아무리 집중을 해도 틀어집니다.
아무리 공력을 들여도 틀어집니다.
미리 여쭙고 놓아도 삐틀어집니다.
미리 재고 놓아도 틀어집니다.
당신의 미간에 금을 놓습니다.
이도 저도 아닌 곳에다
새끼손톱만한 금을 놓습니다.

봄날 1

최서림

바람이 흔들지도 않는데
목련꽃이 저 홀로 떨어지고 있네

마른 우물이 들어앉은 가슴안에서도
꽃잎이 철렁, 철렁, 떨어지고 있네

우물 안에 쪼그리고 한숨짓는 초로(初老)의 사나이,
버석거리는 손바닥으로 떨어지는 봄을 받쳐드네

단풍

최세라

불과 불이 나란히 붙은 상사화 무릇과
해바라기밭에 피어난 일방적 사랑과
퍼뜩 가을 떨켜 부여잡은 단풍
한 잎의 투신을

하늘은 뜨거운 손바닥으로 승인하였다

가을 문턱에서

최윤경

아직 열리지 않은
문을 열고 들어섰어요
억지로 몇 개의 이파리
창백해지는 나무 아래 앉아
올려다보았지요
나뭇잎 떨어지며 웃고 있어요
바스락 소리도 지르네요
적선처럼 내려놓은 흔적을 따라 걸으니
심장 뛰는 소리
뒷덜미를 잡는 파란 하늘
그려야 할 수채화는
마르지 않은 물감 번지듯
구름 떠다니면
평생을 그리다가 미완성으로 남겨질
나뭇잎 물들어가는 소리
한 발 한 발 다가서며
틈 사이로 내미는 얼굴
서럽도록 곱기만 해요

걸어 다니는 새

최일화

사람들 분주하게 오가는 공원 한 모퉁이
참새가 통통 뛰며 모이를 쫀다
비둘기가 옆에서 아장아장 걸으며 모이를 찾는다
통통 뛰는 새와 아장아장 걷는 새
어떤 새가 더 예쁘다던가
어떤 새가 더 촌스러운 새인지를 말하려는 게 아니다
그냥 그렇다는 것이다
참새와 비둘기가 같이 모이를 쪼는데
언뜻 보니 참새는 통통 뛰고 비둘기는 아장아장 걷더라는 것이다
걸음걸이가 좀 다르면 어떠냐
깃털의 빛깔이 좀 다르면 어떠냐
고양이가 다가오면 깜짝 놀라
참새는 울타리로 비둘기는 지붕으로 날아올랐다가
다시 내려와 같이 모이를 쫀다는 것뿐
날아오를 수 있다는 건 축복이다
세상이 변해도 때까치처럼
세상을 등지지는 말아야 할 텐데
기아에 허덕이는 모습을 보이거나
사람들 눈 밖에 나지는 말아야 할 텐데
땅으로 내려와 걷는 배고픈 새들이
깜짝 놀라 달아나게 해서는 안된다
신록으로 눈부신 공원에
참새와 비둘기가 나란히 모이를 쪼고 있다

쭉정이

최재경

어머니 젊어 한시절

밤이면 푸른 잠을 자고, 아침이 오면

그렁그렁 우는 아이들에게 모자란 젖을 물리고 있었다

미지근한 체온이 뙤약볕에 데워지고

가을이 다할 때까지 속이 까맣게 타들어갔다

아직도 기다림이 남은

고요하고 쓸쓸할 것 하나 없어도, 자꾸 슬퍼졌다

무서리 다녀가고

일렁이는 울음도 다 삭은

시래기만 남은 배추밭으로 푸짐하게 눈이 내렸다

옥수수밭에 갔더니

아기를 업은 채 엄마가 죽어있었다

꼿꼿하게 서서 얼어 죽었다

아기도 칭얼칭얼 울다가 잠자듯 따라 죽었다

기척도 없이 마른 소리로

포대기 끈이 바람에 날렸다

가을 아침

최정란

무엇이 이리토록 가슴을 다 여는가
밤마다 떠밀려 나간 서러운 내 꿈들
새 눈 튼 아침 햇살과 함께 만조 되어 넘치누나.

들판의 허수아비 허허한 표정이듯
등 돌린 먼 먼 산길 해탈한 산람(山嵐)들이
내 거처 또 하나의 집을 마련하여 주는구나.

인간도 성숙하면 눈빛 접고 고개 숙여
다시 또 태어나듯 전생과 후생 사이
태초의 열린 날이듯 잠겨오는 산날이여.

온음표 사랑

최정연

후드득후드득
떨어지는 낙과
매달려있기 힘들까봐
내 무명의 손으로 너를 떨어뜨리니,
함께 썩지 않을래?

과일들

최종천

감 하나를 따려고 막 손을 뻗치는 참입니다
따지도 않았는데 손에는 중량이 맺힙니다
어젯밤이나 다른 때에
이 골목에서 부끄러운 일이라도 있었던 듯
과일은 얼굴 가득히 부끄러움을 켜고 있고
그 빛이 반사하여
내 얼굴이 어느 만큼은 환해집니다
과일을 따는 일은 그만두고
내 얼굴에 열린 욕심을 따 내립니다
과일이 많이 열릴수록
골목이 환해지는 것을 보면
어두운 골목길을 걸을 때
우리들이 켜는 손전등도
실은 부끄러움을 켜는지 모릅니다
잘 익은 과일 하나를 안고 걸으며
자존심 강한 나의 심지에
불을 당겨봅니다
과일처럼 익어가는 얼굴들

억새

최지하

바람 닿아 애가 타는 것이 선연하구나
허리에 잠겨 등이 휜 달 때문에
기침도 못하는구나
지쳐 돌아와
처음 보는 너에게 기대 울던 사람도
한때는 누군가처럼 행복했을까
너 서 있던 자리마다 바람이 일어도
텅 빈 몸으로
푸르게 혹은 시푸르게
백년 또 백 년이나
옹이진 그리움을 삭이는 너를
한참이나 사랑해야겠구나

울울창창

최춘희

보내지 못하고 서랍에 넣어둔 연서(戀書)
가는 봄 잡지 못하고 발 딛는 곳마다
꽃잎, 꽃잎들
수없이 피고 지는 헛된 고백 두 손으로
받쳐 들고 숲에 들었다
죄 많은 육신 위에
눈물의 육즙을 채워넣는 오체투지
나무는 온몸으로 통성하며 새들을 쏘아 올리지
하늘로 솟구친 간절한 기도의 말들
땅속으로 뿌리 뻗어간 벌레 먹은 절망 딛고
겹겹 눈부신 신록의 무늬 새기고 있다

뜨거운 불가마 장작불 지피는 옹기장이
펼쳐든 손끝에서 눈부신 꽃이 피고 나무가 자라고

컴컴한 터널 속 같은 실연의 날들이
갈라진 뱀의 혓바닥으로 날름거리며 두꺼운
겨울 외투 속에서 몸을 불리고

나는 깨진 병 조각으로 허공에 푸른 금을 긋지

울음을 먹고 자란
신성한 숲의 검은 새들
바람 속으로 팔을 벌리고
적도를 향하여 날아갔다

와(蛙)

최형심

여우비가 다녀갔다. 나비가 나붓나붓 빗줄기 하나를 마저 끌고 간다.

한낮, 긴 볕의 자리를 따라 기우는 웅덩이가 있다. 삼나무는 제 그림자를 쏟아서 검은 웅덩이를 만든다. 물속 나무에 천 개의 검은 동공이 열린다.

물빛 모음은 자꾸만 둥글어진다. 빗방울은 자주 도돌이표를 그린다고 점괘들이 점으로 산란되었다. 빗줄기에 흔들린 수면을 현으로 삼아 음표들은 꼬리를 잃는다.

부화한 음의 씨앗들이 수면을 조율할 때, 한 시인의 부음이 물 밖에 당도한다. 다만 어느 웅덩이를 기어나갔을 뿐이라고.

나무에 매달렸던 침묵의 입자들이 흩어진다. 하나의 웅덩이가 천 개의 귀로 범람하는 일. 비등점을 잃는 한낮이 생겨난다.

꽃잎의 체온이 바람에 붉게 들썩이고 미물의 등에 업혔던 적막이 드물어진다. 놀란 달팽이는 구불거리는 제 속으로 관악기 하나를 메고 들어간다.

발에게 박수를

태동철

높이 서려면 산꼭대기에
우뚝 서라
두 발이 받쳐준다

산이 높다 하되 발아래 있다
산에 올라, 보면 보이는 것
저 너머가 보인다
땀 없이 오르는 산 없다

나, 발있어
백두산 천지에 올라 영혼의 갈증 풀었다
배꼽산* 줄기 타고 올라 서해 낙조에 취한다
수미산 오르려 녹차에 발 마사지 해주고
박수쳐주며 꽃무늬 운동화 사 신었다

* 인천 문학산, 연경산 줄기의 옛 이름

송충이

하 빈

어디에서 왔을까?
오색송충이 한 마리

차가 씽씽 내달리는
길 가운데로
기어갑니다.

"그쪽으로 가면 안돼."

바퀴에 깔릴까봐
몇 번이고
방향을 바꾸어 주어도
한사코 길 쪽으로 갑니다.

아스팔트 아래 어디쯤
솔향기 가득한
고향이 있는 걸까요?

바람 도서관

하재청

아버지를 만나러 우포에 갔습니다
수천 페이지 모래바람 속을 뒤졌습니다
아버지의 발자국은 어디에도 없었습니다
사시사철 늪 속에 잠겨있는 우포를 찾았을 때
아버지의 발자국을 집어삼킨 사구 하나
고향 뒷산에 솟아있었습니다
낙타처럼 등에 혹을 달고
말없이 누워있었습니다
밤마다 혹에서 나와 마을로 내려온답니다
타박타박 낙타처럼 내려온답니다
바람뿐인 아버지 바람을 주머니처럼 차고
어머니 머리 풀고 있는 늪으로 내려온답니다
한 번도 버린 적이 없는 바람주머니를 버리러 몰래 내려온답니다
바람 도서관에서 가시연꽃 하나 찾았습니다
어둠 속에 피어있는 가시연꽃
밤이슬 맞으며 머리를 풀고 있었습니다

추풍낙엽, 픽션 혹은 논픽션

하종오

바람 한 자락이 불어간 뒤
바람결이
내 얼굴에 남아있다고 느껴질 때 볼을 쓰다듬고
내 어깨에서 흘러내리고 있다고 느껴질 때 등을 긁고
내 손을 잡고 있다고 느껴질 때 양팔을 붙잡으며
하루종일 서성거렸다, 나는

은행나무 한 그루가 단풍든 뒤에
은행잎들이
내 머리를 껴안고 흔들린다고 느껴질 때 고개를 숙이고
내 가슴에 안기려고 떨어진다고 느껴질 때 심호흡을 하고
내 발바닥을 떠받들고 풀썩인다고 느껴질 때 발걸음을 떼며
한철 내내 떠돌았다, 나는

그 시절 나는 중얼거리기도 했다
추풍낙엽, 추풍낙엽, 추풍낙엽,
그러면 노란 은행잎들이 찬 가을바람을 일으켜
하늘로 하늘로 하늘로 오르고
새들이 일제히 끌려 올라가고
숲이 한꺼번에 끌려 올라가고
대지가 단번에 끌려 올라가고
나만 오도카니 남아
그들을 우러러보았다

가을이 깊어지는 동안

하주자

진종일 울던 매미 조용하다
쓰륵쓰륵 닳아진 날개를 비벼대던 여치
귀뚜르르 발길을 막고 울던 귀뚜라미
긴 더듬이가 보이지 않는다
숲과 들을 채우던 그들의 울음소리가 주춤하니
무성하던 풀숲도 헐거워져
길을 내준다
그들이 내준 작은 길을 걸어 들어가
호박을 따고 밤을 줍고 콩걷이를 한다
홀로 잎 피우고 열매를 맺고는
갈빛으로 부석부석 썩을 준비를 하는 그들

제 살을 나눌 줄 아는 생(生)이다

썩지 않는 것들로 배를 채우고
끓어오르는 것들 가라앉히지 못해
부하를 돋우며 저물어가는 나는
비로소 트인 그 길 앞에서 무릎을 꿇는다
무너지는 마을 한 귀퉁이를 떠받치고 있는 하늘이
아직 저렇게 푸른 것은
바닥으로 바닥으로 주저앉아
제 몸을 삭혀서 나누는

무너지는 법을 알기 때문이다

푸른 숲을 찾아서

한말순

훌훌 털어버린
앙상한 가지에
녹색 새움이 고개 내밀어
백 척의 키가 돼서
공생의 기운으로
상생의 길 열어보자고
애기 손 고사리가
고개 내밀 때
푸르게 푸르게 옷을 입었지

곱게 단장한 가지에는
나는 새들의
쉬어갈 안식처를 내어주고
길 떠난 나에겐
녹음방초 우거진
자리를 내어주니
푸른 잎 나부끼는 바람소리로
너는 나를 불렀지

초록 장화

한명원

숲에 나무의 각질이 날린다
저것들은 나무가 바람 속을 걸어 다닌 시간들
주저앉을 사이도 없이 걸어온 거리다
발바닥 사이에서 피어올라 낮과 밤으로 나뉜 흔적들

나무들은 야행성 동물 같아
밤이면 숲 저쪽으로 뛰어다니다가
새벽이면 꼬리를 말아 넣고 몸을 줄여 잠이 든다

숲의 외곽들은 가장 늦게 잠들고 가장 먼저 일어난다
나무들의 털이 곤두서고 있다

바람 속에서 걸어 나온 발자국
맨발의 굳은살 위로 발을 맞추어본다
신발은 어디서 잃어버렸을까
구름의 제 끝을 따라갔을까

산 너머 두꺼운 구름장들이 사방으로 퍼져나간다

저기 넝쿨들이 신발 끈을 매고 있다
이때 나무는 초록 장화를 신고
장마를 지나 폭염 속을 걸어갈 것이다

새똥

한보경

산사에 사는
새들은
근심덩어리도 하얗고 깨끗해서

불생불멸(不生不滅)
불구부정(不垢不淨)

가장 구린 것으로
가장 향기로운 경전을 쓰고 있네

능소화

한 숙

주황빛으로 타오르는 나는 살로메
스치는 바람에도 꽃잎 너울너울 흔들며
남정네의 가슴을 녹이지.

하늘로 곧게 서지 못하고
휘감고 올라 귀 기울여도
바람이 전하는 건 외면한 사랑.

서쪽하늘 붉게 물들이면
그 모습 그리워 떨어지는 나는
네 눈도 멀게 하는 잔인한 유혹.

바람구멍

한영수

바쁘다가도 들어가서 문고리 잡고 애 낳고
낳고 낳은 아들이 열이라는 할머니 이야기가
은행나무에 물든다
한두 백 년을
천 년을 엿듣고 있으면
사소한 은행잎들이 하늘에 발돋움하다가
내가 생겨나기도 전 푸른 가을날
노랑 수만 마리 나비떼처럼
나를 붙안고 날아오른다
아무렇게나 뒹구는 잔돌들을 깨워
구부러진 돌담을 쌓고
돌담이 바람구멍을 만들던 날에도 피어났을 그 은행잎
은행잎떼가
하나 남은 고샅의 이야기를 끌어안고
핑그르르 휘청거리며 쥘부채를 펼치며
아름다운 대칭을 만든다
같은 길을 걸어온 태양이
서쪽 골짜기 조밭 노란 그늘도 불러와
은행나무 둘레에 앉히고 있으면

물소리 순한

한영채

다랭이논에 수탉이 구구국 흙을 뒤집는다
황새냉이 꽃다지 애기똥풀
논둑 기어오르는 두동면 천전리
낑낑이풀 비탈을 지키는
물소리 순한 경칩이다
풀린 다리 아래 봄물은
수천 년 숲을 연하게 푸르게 퍼올리는
발목 적신 갈대의 꺾인 허리 하늘이 걸린다
옹기 굴에 흙마차가 다니던 이곳
소나무 사이 굴피나무 열매가
댕댕 풍경소리를 내는
은사시나무 버짐도 움처럼 퍼져나간다
괭이밥들이 숨어들었다는 골짜기 어느 개암나무
공룡발자국 같은 귀를 열어 클클클
물소릴 엿듣고 있다
휘어진 길,
낮은 의자에 오후 네 시 그림자가 앉는다
봄을 낙관하는 박 어르신 수탉들,
그들이 모여 사는 양지마을
다시 봄이다

잎새의 노래

해 림

즐거운 나날이었어
초록의 숲에 있었을 때
햇살이 몸을 간질이는 날이면
까르르 웃는 웃음소리가
새의 날개처럼 하늘을 날아오르고
바람이 불면 바람의 행로를 따라
굴러가는 잎새의 투신은
영원한 소멸을 의미하는 것
마른 잎새에서 빠져나가버린
초록의 무게는 사람의
육신에서 빠져나간
영혼의 무게만큼이나 가벼운 것
하나의 잎새로 싹을 틔우고
성장하고 살아온 우리들의 이야기
적멸의 땅으로 사라져버린
붉은 잎새 하나

봄소식

해　인

방망이를 휘둘지 않으면
어느 천 년에 잠에서 깨겠는가

신선이 다시 제후를 꿈꾸다니

겨울 산 눈 녹인 물소리가
잠든 봄을 깨운다

가을

허남기

고구려 무용총을 탁본한
변방이 노인이
천태산 무지개에 걸터앉아
오색 붓을 털어댄다
솟아오른 단풍물은
낙엽을 타고
거침없이 번지고
용오름의 거대한
가을의 오로라는
천연색 천렵을 즐긴다
수렵도를 빼닮은
단풍놀이 탁본이
쪽빛 가을 하늘에
굵고 큰 단풍잎을 그린다

초승달

허승자

초승달 어쩌자고 내 마음 붙잡는지
너 따라 걸어가니 나 따라 너 지누나
밤바람 풀벌레소리가 마른 가슴 태운다

눈으로 너를 보고 가슴으로 안아보니
까르르 볼을 타고 네 웃음 번져와서
내 마음 머물 길 없어 눈동자만 굴린다

가슴속 그리움을 노을 끝에 매어놓고
초저녁 머리맡에 가냘픈 목소리가
한 조각 더 채우려는 맘 품안에 안아본다

자작나무숲 3

허해송

눈물이 번뜩이는 자작나무숲
허공 위로
하얀 달이 출렁이고
바람도 묻지 않는 침묵이 너를 삼킨다

비릿한 겨울 냄새를 풍기며
삐뚜로 선 몸뚱어리
속살들이 내뱉는 신음과
버려진 영혼에게 전해지는 시퍼런 절망

잘 베려진 추억의 어깨 너머로
한 줌 입김이 너풀거리고
토막 난 사랑은
분단의 기적소리처럼 들끓는다

저고리 고름을 여미며
옹이빼기 앞으로 걸터앉는 그림들,
모자들,
화승총 연기처럼

금물로 쓴 글씨

허형만

지성으로 절에 다니시는 어머니께서
장롱 깊숙한 곳에 모셔둔
금물로 씌어진 반야심경을 내놓으시며
제 손을 고즈넉이 잡으셨지요
저도 어머니 마틀마틀한 손결이
어쩌면 이리 다사롭냐고 눈웃음 쳐주고
알만한 글자 홰친홰친 읽어 내려가니
눈물 흘리시며 나무아미타불 합장하셨지요
그날 밤 저는 잠 한숨 못 잤어요
어머니 흘리시던 그 여울 같은 눈물이
하전하전한 나이신데도 당신의 피를
금물로 바꾸신 글씨였음을 알았거든요

저 길을 건너면

홍승우

저 길을 건너면
보아라, 얼마나 즐거우냐.
너와 난 헤어지고
손을 흔드는 이가 있는 그곳이 아니냐.

저 길을 건너면
보아라, 숨차지 않느냐.
이놈아, 완벽한 시 말고
흐트러진 시를 쓰라던 선생님 계신 곳이 아니냐.

저 길을 건너면
보아라, 햇살 쪼아먹는 닭
굴다리 둔치마당 사금파리들이 뒹굴고
햇볕이 반짝이면 저려오는 아득한 그곳이 아니냐.

관통할 통로

홍종빈

푸른 와불로 누우셨다

꽃무릇향이 극락교를 넘나드는 선운사 들머리

천 살은 족히 됨직한 느티불 한 분이

부도전을 향해 모로 누우셨다

해탈의 제복인 듯

파아란 이끼장삼 걸쳐 입고

오랜 세월을 두고 벼르고 별러 바닥이 되셨다

언젠가 때가 되면

다시 벌떡 일어나 미륵불로 오시려고

넉넉했던 그늘 다 나눠주고

텅 비운 가슴속을 활짝 열어젖힌 채 미소 짓고 있다

버겁도록 아린 화두 한 꼭지를 매달고

천 년을 앓아온 당신,

기쁨과 슬픔, 사랑과 미움의 우문(愚問)에 시달리느라

애간장이 다 녹아내려

기어이 피안에 들어 현답(賢答)이 되셨다

피 묻은 속살을 한 점 한 점 덜어내

정토로 관통할 통로가 되셨다

주름살 무늬

홍하표

썰물 빠져나간 모래밭 백사장
켜켜이 쌓인 주름살 무늬를 본다
바다의 깊은 살덩이 주름살
뼈아픈 시간들 지나며
웅숭깊게 속속들이 다져져
젖으며 더욱 단단해지는
무한 겹 영혼의 무늬

주름살 손닿는 곳마다
사람들 마을에 닿아
환한 불꽃으로 당겨져
팽팽히 일어서는
영혼의 숨결,
물결무늬
빛나는 한 생(生)의
주름살 무늬

가을볕 참 쨍하다

황구하

이제는 통증도 제풀에 지쳤는가
어머니 힘없는 손발이 오수에 잠겨있다
가는 숨결 사이, 나는 일없이 앉아서
창문너머 e—편한세상 보람아파트 위로 내리는
저 가을볕 참 쨍하다, 쨍하다
실눈 뜨며 바라보는 것뿐이었는데
어머니, 두고 온 자갈밭 콩이라도 거두시나
끝물고추 볕 아깝다 풀어놓으시나
드리운 그림자 초리초리 달고 있는
저 팔뚝 자꾸만 가벼워지는 것 보면
아예 몸까지 벗어 널어놓고 오시나
끄엉 끙, 힘겹게 돌아누우시자
똠방똠방 제 소리를 세다 놀란 링거
한 생의 햇살을 통째로 흔들고 있다

사람의 수

황연진

세 사람 누워 자던 여행지 숙소
멍하니 새벽에 깨어 앉는다
사람 수가 줄었나? 하나, 둘, 세다 창 밖을 보니
하늘에 달이 넘어간 자리 비었다

나무에게 배우다

황정철

그늘에 누워 하늘을 쳐다보고 있는 중이다
햇빛은 맑게 빛나고 바람은 향기롭다

나무는 그늘을 드리우고자 의도하지 않았을 것이다
자기 소유라고 주장하지 않는다
내려다보지도 않는다
서 있을 뿐이다
무심하다

햇빛도, 바람도, 구름도 모두 나무하고 한 스승 아래에서 수학했을 것이다
정말 필요한 것을 주는 이들은 생색 따윈 내지 않는다는 걸,
나는 그들을 통해 읽고 있는 중이다
(이곳은 도서관, 나는 발칙하게도 그늘에 누운 채)

우리는 모두 나무의 시주를 받으며 산다
아무 짓도 하지 않은 나무 한 그루가 베어져 열반에 올랐다
그루터기 주위에서 연신 읍하며
새들이 독경을 하고 있다

나는 공책에다가 이렇게 썼다
제대로 된 삶이란 나무처럼 사는 것

봄

황정희

산골 봄은 질척거리며 온다
황토 흙 묻힌 아이들이
신발을 털며 학교에서 돌아오고
경운기도 탈탈, 논둑길을 물었다 뱉는다

먼 산 생강나무 노오란 부스럼 털고 일어나자
산벚나무 있는 자리마다 꽃버짐 하얗게 인다

집집이서 씨감자 눈을 따고
갈아엎은 비알밭머리에선
산꿩 한 마리 봄을 쑤석거리고 있다

얼음 풀린 개울물에
집오리떼 한 차례 지나간 뒤
물밑 돌멩이 부부 한 쌍
뽀얀 알 하나 갓 낳아 꾸욱 품고 있다

날밭

황지형

혈이 통하지 않는 다리에 불침이 파고들었다
생선 비늘에 지문이 닳은 어머니
감각이 무뎌진 발가락으로 윷판을 돌고 돌았다
입학 날엔 어김없이 동행하던 아버지
공중에 대롱거리던 말은 사라지고
대낮에도 파랑으로 휘몰리는
부황 뜬 햇살이 수평선에 걸렸다
떨어지지 않도록 바닥에 달라붙은 엉덩이
다시 던진 윷가락은 결국 사리가 터지지 않았다
시큼하게 썩은 좌판에서 구더기가 꿈틀거렸고
새벽시장에서 막차로 돌아오던 밤
삐걱대는 무릎에 소금꽃이 눈처럼 내렸다
별들이 무리지어 다니는 건
지름길에는 늘 함정이 도사리고 있기 때문
보름달이 하현달로 바뀌면
북두칠성이 공중그네를 탔다
사방으로 내몰린 다리를 뻗으면
골목길 가로등이 외눈박이로 깜빡인다

사랑의 노래

황태면

화사한 너의 웃음만이
내 마음에 피어나는 그리움,
그리움은 그렇게 나에게 오다.

뒤집힌 나의 심장만이
너의 마음에 자리 잡기를
바람, 바람이었기에
또 그렇게 나에게 오다.

너의 모습 나의 눈길에 비었을 때
즐거운 날의 너의 모습
내 눈에 담고
즐거움으로 나를 바라보던
너의 눈길만 생각하네.
그렇게 생각하네.

만다라

황희순

가을볕 따가운 도회 변두리
천천히 걷고 있는 백발노인
구부정한 어깨 위에
잠자리 한 마리 앉았네
걷는 대로 흔들리며
날아가지 않네
저 노인,
나뭇가지처럼 고요해졌나 보다
갓난아이처럼 맑아졌나 보다

천년 은행나무도 운다

2013년 9월 25일 1판 1쇄 찍음
2013년 10월 1일 1판 1쇄 펴냄

지은이 _ 천태산은행나무를사랑하는사람들
펴낸이 _ 양문규
펴낸곳 _ 詩와에세이

신고번호 _ 제319-2005-000014호
주소 _ (120-865) 서울시 서대문구 북아현동 1-495 세방그랜빌 2층
대표전화 _ (02)324-7653, 070-8877-7653
팩시밀리 _ 0505-116-7653
휴대전화 _ 010-5355-7565
전자우편 _ sie2005@naver.com
공 급 처 _ 한국출판협동조합
주문전화 _ (070)7119-1741~2
팩시밀리 _ (031)944-8234~6

ⓒ 천태산은행나무를사랑하는사람들, 2013
ISBN 978-89-92470-87-2 03810